O MISTÉRIO DO ROCINANTE

Luiz Antonio Aguiar

O MISTÉRIO DO ROCINANTE

Luiz Antonio Aguiar

Ilustrações de
Weberson Santiago

© Editora do Brasil S.A., 2017
Todos os direitos reservados
Texto © Luiz Antonio Aguiar
Ilustrações © Weberson Santiago

Direção-geral: Vicente Tortamano Avanso
Direção adjunta: Maria Lucia Kerr Cavalcante de Queiroz

Direção editorial: Cibele Mendes Curto Santos
Gerência editorial: Felipe Ramos Poletti
Supervisão de arte, editoração e produção digital: Adelaide Carolina Cerutti
Supervisão de controle de processos editoriais: Marta Dias Portero
Supervisão de direitos autorais: Marilisa Bertolone Mendes
Supervisão de revisão: Dora Helena Feres

Coordenação editorial: Gilsandro Vieira Sales
Assistência editorial: Paulo Fuzinelli
Auxílio editorial: Aline Sá Martins
Coordenação de arte: Maria Aparecida Alves
Produção de arte: Obá Editorial
   Supervisão editorial: Diego Rodrigues
   Assistência editorial: Patrícia Harumi
   Auxílio editorial: Amanda Hornos Felix e Flavia S. Vênezio
   Edição e projeto gráfico: Julia Anastacio
   Editoração eletrônica: Julia Anastacio e Lilian Ogussuko
Coordenação de revisão: Otacilio Palareti
Revisão: Sylmara Beletti
Controle de processos editoriais: Nayre Carolina Gomes Luz

Dados Internacionais de Catalogação na Publicação (CIP)
(Câmara Brasileira do Livro, SP, Brasil)

> Aguiar, Luiz Antonio
>   O mistério do rocinante/Luiz Antonio Aguiar;
> ilustrações de Weberson Santiago. – 1. ed. – São Paulo:
> Editora do Brasil, 2017. – (A sete chaves)
>
>   ISBN: 978-85-10-06605-1
>
>   1. Ficção - Literatura infantojuvenil I. Santiago,
> Weberson. II. Título III. Série.
>
> 17-07301   CDD-028.5

Índice para catálogo sistemático:
1. Ficção: Literatura infantil   028.5
2. Ficção: Literatura infantojuvenil 028.5

1ª edição / 2ª impressão, 2023
Impresso na Gráfica Plena Print

Rua Conselheiro Nébias, 887
São Paulo, SP – CEP: 01203-001
Fone: +55 11 3226-0211
www.editoradobrasil.com.br

Respeite o direito autoral

Ao biógrafo anônimo de
Auguste Dupin, ao Dr. Watson,
ao Inspetor Japp e ao Capitão
Hastings, aos muitos filhos do
Charlie Chan, ao Archie Goodwin
e a tantos outros personagens
do gênero, que fazem aos
detetives geniais as perguntas
que eu gostaria de fazer para
acompanhar a investigação.

O GRITO!

— CHIRIIIIIIIICC!

Foi assim, que nem broca de dentista, que soou. Uma *coisa*! Um grito como nunca se escutou igual no Edifício Rocinante.

As paredes estremeceram, da garagem à churrasqueira no terraço. Da fachada, sacudindo a entrada de tijolos transparentes do edifício e a portaria, até os fundos, que davam para a viela lateral das lojas do térreo, por onde passavam as entregas de fornecedores, e o vão no centro do quarteirão. Pombos revoaram em pânico e fugiram das beiradas do telhado. Até as baratas dispararam de volta para as frestas, bueiros e ralos, e se enfiaram bem fundo em suas tocas.

— Roubaram nossa árvore de Natal! Roubaram nossa árvore de Natal! A inauguração é à tardinha, minha nossa! O prédio inteiro vai estar aqui e nada de árvore!

O mistério do roubo da árvore de Natal do Edifício Rocinante começou, naquela manhã, sem dúvida, com os berros e uivos da síndica do prédio, dona Ydônea.

Ela havia ficado até quase as três da manhã montando a árvore, bem ali, num canto destacado do *hall* dos elevadores. Isso depois de um dia inteiro de preparativos para o "café de confraternização para os vizinhos", que seria no *hall* também, para apresentar oficialmente a árvore. Para garantir grande presença, passou de apartamento em apartamento, até mesmo do pessoal da oposição, convidando os moradores:

– Depois de toda a chateação contra mim, quando vocês virem a árvore, vão ter certeza de que fiz isso de boa vontade! Tudo o que eu faço pelo condomínio é pensando no melhor. Apesar do que dizem, viu?... Apareçam! A árvore vai estar linda! Café, refrigerantes, sanduíches frios, bolo...!

E agora, pouco depois das nove horas da manhã, quando descia para sua caminhada matinal levando seu casal de *minipoodles* – Jandira e Waldemar –, a árvore havia sumido. Dona Ydônea chorava, soluçava, puxava os cabelos... Jogou-se na cena com tudo.

O *hall* era a perna mais curta do *L* formado com a comprida portaria, onde havia um balcão guarnecido 24 horas por dia por funcionários. Ninguém *de fora* passara por ali, naquela madrugada, muito menos carregando a árvore de Natal, coisa que não dá exatamente para se esconder no bolso. No entanto, o *hall* dos elevadores estava fora do campo de visão do funcionário e, por isso, gaguejando e nervoso, ao correr para junto da síndica, Julinho, dublê de faxineiro e garagista, que estava de vigia naquela noite, foi logo dizendo que não havia visto nada, não sabia como nem quando o roubo acontecera nem, principalmente, quem fora o sinistro ladrão.

– Tão lindinha ela era! – choramingava a síndica, tremendo toda. – Cadê? Cadê nossa arvorezinha de Natal?

– Serviço interno, Gioconda! – cochichou Vivi no ouvido de Gigi. – Só pode ter sido alguém do próprio prédio! O suspeito desceu pelo elevador, deu com a árvore e, em vez de sair pela portaria, foi embora com ela.

– Conclusão forçada e óbvia, Virgínia Lupínia! – replicou a outra garota.

Não estava debochando. No seu tom de voz característico, que Vivi conhecia bem à beça, era somente uma constatação. As garotas haviam acabado de chegar à cena do crime. No entanto, não puderam examiná-la direito por causa da confusão que logo tomou conta da portaria. Vários moradores haviam descido, atraídos pelos berros da síndica.

– Quem será que fez isso? – sussurrava seu Miguelito, já rodeado de seu grupo costumeiro. Eles eram *a oposição*, o pessoal que disputava tudo e todas com dona Ydônea, no condomínio. Mas seu Miguelito fez questão de acrescentar: – Todos aqui sabem que eu sempre defendi a montagem dessa árvore. A síndica é que não concordava, pensando nos custos. Preocupação justa, é claro. Sou o presidente do conselho do condomínio, não sou? Também controlo nossas contas. Não podemos ficar no vermelho, pegar emprestado da administradora, pagar juros, nada disso! Mas, ora... Natal é Natal. O prédio ia ficar sem árvore de Natal? De jeito nenhum. E agora acontece isso! Quem teria coragem de avacalhar com nosso Natal? Só pode ser alguém que... que detesta o Natal!

Vivi e Gigi escutaram aquela última declaração e captaram uma rápida olhadela de alguns membros do grupo e do próprio seu Miguelito para elas. Acontece que, se a zorra começou com os berros da síndica, o caso em si tinha antecedentes que vinham de muito antes, e histórias, umas mais antigas, outras menos, mas que, no fundo, estavam todas ligadas ao *mistério do roubo da árvore de Natal*.

VIVI & GIGI

MUITO ANTES DE Virgínia e Gioconda nascerem, dona Ydônea já era síndica do prédio. Tanto que, nas histórias que Bisa Gioconda contava para a sua netinha, quando ela ainda era bem novinha, em algumas horas rolava o seguinte:

– Era uma vez, muito antigamente, uma rainha que reinava havia tanto tempo, naquele reino perdido do tempo, que os súditos pensavam que ela havia desde sempre ocupado o trono e que para sempre estaria sentada nele.

– O nome dela era Rainha Ydônea, não era, bisa? – adivinhava Gigi.

Bisa Gioconda sorria com os cantos da boca. Não dizia que sim, mas também não dizia que não. Não simpatizava nem um pouco com a síndica e a achava, sim, com ares de rainha – e não exatamente uma rainha boa. Dava graças por não morar no prédio:

– Menos uma briga que preciso ter! Na verdade, menos uma briga por semana, no mínimo!

Virgínia nasceu no 304, e Gioconda, no 303. Eram vizinhas de porta e amigas de andarem juntas desde muito pequenas. Curioso é que Vivi era dois anos mais velha do que Gigi, e isso nunca atrapalhou. Uma adotou a outra, lá do seu jeito, e formaram a duplinha. Claro que ninguém imaginava, nem elas, no que iriam se tornar...

Já maiores, Vivi batia na porta de Gigi, que estava sempre esperando por ela, e as duas ficavam a tarde inteira andando para cima e para baixo no corredor, de mãos dadas, no maior papo. Se alguém chegasse perto, se calavam, disfarçavam. A conversa delas não era para ninguém mais escutar. Já desse tempo deram para se sentar no patamar, entre o terceiro e o quarto andar, e consideravam aquele canto como escritório particular delas.

E quando, uma vez, Sebastiana, mãe de Vivi, perguntou do que tanto falavam – todos os dias e por tantas horas seguidas –, a menina respondeu:

– Ah, mãe, você não vai entender! Uma coisa muito legal que a gente faz. Mas é só da gente, tá? Não é pra te contar, mas... Olha, a gente fica resolvendo uns mistérios! É isso!

– Como é que é? – espantou-se Sebastiana.

– Mistérios. Tem tanto mistério por aí! Alguém tem de resolver eles, né? Não disse que você não ia entender nada?

Mas, por mais que a mãe insistisse, Vivi não revelou que mistérios eram aqueles. A menina desdisse o que havia dito, desconversou o quanto pôde e, assim que conseguiu uma brecha, escapuliu e foi para o seu quarto. À tarde, na pausa que ambos davam no trabalho para tomarem café juntos, na sala, Sebastiana Adams tentou puxar do marido alguma opinião sobre a brevíssima conversa:

— Não acha estranho, Yannis?

O homem coçou a barba e disse:

— Não acho nada! A entendida em coisas estranhas aqui é você.

— Mas a filha é *nossa*.

— Bem... — murmurou Yannis — todo mundo é um pouco estranho.

— Você é! Mas eu não sou! Você só acha isso porque dou aula de Literatura.

Yannis entortou os lábios, sem vontade de iniciar uma discussão. No máximo, soltou um resmungo incompreensível, ao que sua mulher replicou:

— Já vi que vou ter de conversar isso é com a mãe da Gigi!

— Ah, ela entende de gente estranha! — disse ele.

— Ela é psicanalista, Yannis. Deixa de birra!

E isso encerrava o papo, até porque Yannis Akilah foi logo dizendo que estava com pressa para retornar para a sua loja, que ficava no térreo do prédio.

— Pepinos! — alegou o homem.

— Você vende frutas! — esbravejou a mulher, denunciando a manobra do marido.

Já as meninas, num daqueles papos que ninguém mais poderia escutar, também comentaram, bem do jeito delas, a curiosidade da mãe de Vivi:

– Acha que ela está suspeitando de alguma coisa, Gioconda?

– Acho que você falou, de novo, mais do que devia, Virgínia Lupínia – respondeu a menina menor, sem alterar a voz.

– Minha nossa! Você vive me dando bronca!

– Não estou dando bronca – replicou Gigi, com toda serenidade do mundo. – Foi o que foi. Pronto! Somente uma constatação dos fatos.

– Uma... *constatação dos fatos*? – espantou-se Vivi. – Ora, Gioconda! Nunca vou me acostumar com esse seu jeito meio... *robótico*. É isso mesmo! Robótico, sabia?

– Melhor se acostumar, sim. Se não, não vamos conseguir trabalhar juntas quando a gente ficar adulta.

– É que tem vezes que você me deixa maluca! *Constatação dos fatos*! Ei, menina! Você só tem sete anos! Eu é que sou a mais velha aqui! – Gigi não respondeu. Nem sorriu. Nem fez mais do que olhar para a amiga, já sabendo que uma ideia pipocaria na cabeça dela e que ela iria mudar de assunto... em quatro segundos, três, dois... – Bonecas!

– Bonecas? – repetiu Gigi, intrigada.

– Isso! – reforçou Vivi, com os olhos faiscando.

– Bonecas!

– Você vai ter que explicar melhor, Virgínia Lupínia.
– Pra disfarçar, a gente pode trazer bonecas para virem passear com a gente. Todo mundo acha uma gracinha uma menininha passear com suas bonecas. Pois é... Supernormal. Bonecas! Daí, vão parar de suspeitar do que a gente está fazendo, se a gente trouxer nossas bonecas junto.
– Muito boa ideia, Virgínia Lupínia – observou Gigi, e puxou a caderneta de anotações do bolso de seu bermudão. Puxou uma caneta também e escreveu: "bonecas". Depois, fechou a caderneta e a enfiou cuidadosamente, junto com a caneta, no bolso novamente.
– Você tem bonecas, não tem, Gioconda? – perguntou Vivi.
– Você me deu uma no Natal, Virgínia Lupínia.
– Ideia da minha mãe. Já tirou ela alguma vez da caixa?
– Não me lembro... – murmurou Gigi, fazendo um esforço de memória. – Mas sei onde guardei a caixa. Posso trazer a boneca amanhã.
– Certo. Também vou trazer uma boneca.
– Combinado. Agora, vamos trabalhar?...
E lá seguiram as duas papeando. Vez por outra, Gigi sacava sua caderneta e fazia mais alguma anotação. Ou tinha de pedir a Vivi para repetir o que acabara de falar. Ou parar para pensar e pôr ordem nas

palavras, que às vezes saíam da boca da amiga umas atropelando as outras. Ou simplesmente para Vivi dar uma brecada e respirar bem fundo... bem fundo...

– O que você disse não fez o menor sentido, Virgínia Lupínia – disparava então Gigi.

– E você... você... – irritou-se Vivi. Mas não adiantava nada perder a calma porque Gigi nunca perdia a sua. Assim, Vivi tinha de obedecer, tomar fôlego... e recomeçar bem do começo a desenvolver seu raciocínio. E, vez por outra, Gigi fazia mais uma anotação.

E assim alguns anos se passariam até o caso do roubo da árvore de Natal – que foi o primeiro mistério que a dupla investigou para valer.

OS AKILAH
& OS EINSTEIN-ROSE

ANTES DE VOLTARMOS ao presente, é bom dar mais algumas informações importantes para o entendimento do caso...

O Rocinante era um prédio bastante antigo naquela vizinhança. Tinha cerca de doze andares de apartamentos – seis por andar –, mais um subsolo de garagem. O térreo era ocupado por pequenas lojas: uma papelaria, uma lanchonete na esquina, depois uma lavanderia, uma loja de artigos esportivos e a loja de frutas de Yannis Akilah, que se chamava *Deu no Pé*, mas era conhecida no quarteirão, para simplificar, como *Lojinha do Seu Ernani*.

Yannis, seguindo o preceito de que cliente sempre tem razão, não corrigia seu nome. "Fica *Ernani* mesmo! É muito conhecida assim. Traz freguesia!"

Yannis Akilah nascera em um campo de refugiados palestinos, no Líbano. Não gostava de falar de sua primeira infância – estava desde o começo dos anos 1980 no Brasil, para onde havia sido trazido por um casal de tios, com o compromisso de os pais virem também pouco depois. Os pais de Yannis não só não vieram como, meses depois da chegada da criança por aqui, deixaram de dar notícias. O campo de refugiados onde viviam sofrera um ataque durante a madrugada. Uma milícia que os considerava inimigos teve a entrada facilitada no campo, chegaram até mesmo a acender super-holofotes à noite para ajudar os milicianos, e centenas de refugiados – homens, mulheres, velhos e crianças – foram chacinados. Yannis cresceu sem saber o que acontecera a sua família e, agora, tantos anos depois, se ainda pensava nisso de vez em quando, se ainda lhe vinham lembranças, ele as guardava dentro de si.

Era um homem de poucas palavras e mais de carregar caixotes – o que iniciou, ainda garoto, vendendo suas frutas na rua e fugindo da polícia quando ela vinha lhe cobrar licença para trabalhar ou simplesmente querendo tomar sua mercadoria (e foi daí que tirou o nome da loja: "Onde está o garoto com o tabuleiro de frutas?", perguntava o guarda, e logo alguém respondia: "Deu no pé!") – e de dar longos, apertados, acolhedores, generosos e silenciosos abraços em sua filha.

Vivi era provavelmente a única pessoa do Universo a conseguir (sem precisar se esforçar para isso) que Yannis soltasse gargalhadas. Apenas com sua tagarelice, que às vezes estonteava o fruteiro.

Sebastiana, nesses momentos entre pai e filha, os observava quieta, apartada, num estado que somente se pode descrever como *embevecimento*.

Sebastiana Adams era professora de Literatura. Na universidade, levava suas turmas de pós-graduação para a biblioteca e era ali que dava aula. E suas aulas percorriam muitos livros: romances, principalmente, mas também livros de contos, que ela abria, lia, comentava e, por meio da leitura, provocava, instigava, seduzia, até os seus alunos começarem a falar sobre a vida deles dentro daquelas histórias, ou como se os personagens entrassem na vida, no espírito e na mente deles. Enfim, até que os personagens *entrassem* neles, como se surgissem na sala, e ali ficassem, sendo escutados, observados, interrogados, questionados. Como se, às vezes, os alunos pudessem se sentir *ameaçados* por eles.

Era raro ela terminar alguma aula sem que pelo menos um grupo de alunos permanecesse na biblioteca explorando as estantes, procurando pelos livros dos quais ela havia falado. Mas esse era o lado sério de Sebastiana Adams.

O outro lado, que Yannis chamava de *estranho*, era o que a fazia eleger como tema de suas aulas os gêneros literários que mais apreciava: o terror, o mistério, as mitologias diversas, as fantasias ambientadas em outras dimensões e mundos do absurdo, a novela policial. E também o que a levou a dar o nome de sua filhota de Virgínia Lupínia Akilah Adams.

– Pra todo mundo saber que ela não veio ao mundo para levar susto com barata! – disparava Sebastiana.

– Tá, então não pode reclamar do que deu... – embirrava Vivi. E nesses momentos, no mínimo Yannis sorria, comemorando um pequeno triunfo contra os caprichos da mulher.

Na hora mesmo de escolher como iam chamar o pequeno tesouro que havia nascido deles, Yannis, como sempre, pouco opinou. Nem mesmo sobre a inversão dos sobrenomes. "O normal seria ela se chamar Adams Akilah!", protestou um patrício idoso e resmungão, ao que Yannis replicou sumariamente: "Ia faltar sonoridade!". Houve quem achasse que se tratava de um argumento *tipo-letrado* de Sebastiana. Nada disso. Ele próprio o inventara. Sabia o quanto a mulher admirava a própria mãe – Rita Adams –, que a criara sozinha, num tempo em que ser mãe solteira não podia ser considerado fácil.

– E continua não sendo! – replicava Sebastiana.

Ela nunca conheceu o pai, que saiu de casa quando a filha mal completara três meses e jamais entrou em contato – perdeu-se no mundo. Rita, logo que a filha começou a trabalhar, deu por concluída sua tarefa e deixou a metrópole. Vivia sozinha em seu sítio, na serra próxima. Criava e vendia cogumelos, fabricava molhos, temperos e pães especiais, repletos de sabores e fragrâncias, que, quando alguém os comia, espiava para os lados como quem faz algo proibido.

    Rita Adams visitava a filha de vez em quando e tinha uma maneira em código de se comunicar com a neta, pelo olhar e por trejeitos nos cantos dos lábios, que Yannis e Sebastiana não compreendiam como pudera se desenvolver à distância. Já Yannis e Rita jamais haviam se sentado para uma conversa – como seria de se esperar, vindo dele –, mas, para quem quisesse sentir, era nítido que se gostavam imensamente. Eram mais parecidos do que Sebastiana – por uma espécie de jogo, ou capricho, ou charme – costumava reconhecer.

    – Melhor assim, ele falar pouco! – comentava dona Ydônea, em seus plantões na portaria. Era um de seus assuntos prediletos falar "desse pessoal das lojinhas". E sempre encontrava quem a escutasse. – Afinal, o que um fruteiro ia conversar com uma professora?

    Os vizinhos de porta de Vivi, os Einstein-Rose, do 303, também tinham suas *peculiaridades*. Nos almoços de família, Gigi costumava sentar-se num canto observando tudo e todos, analisando, refletindo a respeito, como se tudo o que dissessem fosse pista para alguma outra coisa. Já mais crescida, ganhou o hábito de andar com uma caderneta, que surgia em suas mãos de repente, para ela fazer suas anotações. Aquilo incomodava seu pai, Avriel.

– Ela não é muito normal! – grunhia ele.

E essas palavras deixavam furiosa a avó dele, Gioconda, a Bisa Gioconda, que o criara desde que ele perdera os pais – Debra, a filha dela, e o marido, Lione – num acidente de carro, quando Avriel mal começara a andar.

– Mas que coisa mais cretina você está dizendo, Avriel! Tudo desculpa para não se dar ao trabalho de entender sua filha, sabia? Ela é uma garota tão interessante!

– Eu o quê? Mas o que vocês querem de mim? Você e ela... Esse papo é tão antigo, Vó Gioconda. O problema é que a menina é séria demais. Parece um *adultinho*, às vezes. A culpa é sua. Aquelas suas histórias sobre... sobre...

– Histórias da nossa terra! – esbravejava Bisa Gioconda.

– Eu nem conheci essa terra...! – protestava Avriel.

E a discussão seguia, enquanto toda a história da família era repassada. Bisa Gioconda era uma sobrevivente do campo de concentração no sul da Polônia. Vira a família inteira ser exterminada. Viera para o Brasil logo depois da guerra, sozinha...

– Era melhor enfrentar o mar do que o frio do inverno e a falta de comida... mesmo depois da guerra... – ela costumava contar. – Vim para cá passar fome também, mas pelo menos... sobrevivi.

Amália, mãe de Gigi, gostava de escutar essas

histórias sobre o passado da família do marido, inclusive as mais sombrias. Era um prazer cada visita de Bisa Gioconda, mesmo com um ou outro pega entre as duas:

– Perto dela, você vira criança, Avriel – reclamava a esposa. – Pede colo e ela dá sempre!

O pai de Amália consertava e amava relógios. Chamava-se Bento Tati Camará, um gauchão que vivia falando em voltar pra *sua terra*, mas que jamais faria isso, a não ser que levasse junto a mulher, a filha, a neta...

– E até mesmo o *artista* que minha Amália arranjou! *Báááá*!

O artista era Avriel, que era pintor, já com algumas exposições bem comentadas em pequenas galerias. Quem o conhecia diria que ele vivia com a cabeça em sua pintura. E, considerando seus temas prediletos, quem falava isso não estava fazendo elogios. Mas, era fato, o pensamento dele estava sempre ou no quadro em que estava trabalhando ou no que estava idealizando fazer. A não ser quando se metia em algum embate familiar, e especialmente com Bisa Gioconda, como denunciara Amália.

Certa vez, dona Ydônea o encontrara na portaria com macacão, camiseta, braços e até o rosto manchado de tinta – em várias cores –, de sandálias de dedo, assoviando e muito distraído da vida. Ia saindo, como fazia às vezes, para tomar um refrigerante no boteco do outro lado da rua, ou, num pulinho rápido a alguma loja, para comprar algo que lhe faltara no trabalho. Ou mesmo para dar uma volta, uma pausa na pintura, fosse a que horas fosse, ou para matar uma fome repentina, devorando algo bem *trash* no *food truck* da praça – já que em casa a mulher regulava essas gulodices *incorretas*. Além de a síndica lhe sugerir que no prédio tinha uma "entrada de serviço, que os moradores usam, em *alguns* casos", acrescentou, com um suspiro de lamentação: "Sei que o senhor é um *artista*, mas os demais condôminos, não. Houve reclamações".

Avriel sorriu. Um sorriso bem largo. Dona Ydônea percebeu que ele estava fazendo isso bem na cara dela, e sem nem piscar. A seguir, também sem se importar em responder, ele deu um boa-tarde à síndica e seguiu em frente, assoviando mais forte ainda, contente pela certeza de ter conseguido, com sua indiferença, irritá-la mais do que se tivesse travado um bate-boca com ela.

Amália também não era fácil. Não acreditava tanto em táticas sutis quanto o marido. Quando Avriel lhe contou, entre gargalhadas escandalosas, o embate com dona Ydônea, jurou:

– Vou unhar essa dragonilda assim que cruzar com ela.

Avriel engoliu em seco e arregalou os olhos para a mulher. Não tinha certeza se ela estava falando somente por falar.

E a síndica que se cuidasse. Amália não costumava blefar. Herdara muita coisa da mãe, Maria Júlia Flor, que, naquelas ocasiões em que Bento sugeria voltarem para o sul, replicava, irritada, que jamais admitiria mudar de cidade outra vez:

– Marido! Pare com essa conversa! Primeiro, Amália já não é *sua* Amália faz tempo. Segundo, e mais importante, nessa história... Minha clientela está aqui! Eu mando nesta cidade. Lá no sul ia fazer o quê? Cuidar de você? – replicava Maria Júlia.

– Abririas uma churrascaria! – provocava Bento, lamentando sempre que sua mulher, uma superbem-sucedida corretora de imóveis que vivia com o celular de prontidão na bolsa e um bom negócio engatado, tivesse, justamente ela, de ser a única gaúcha vegetariana de que ele tinha notícia. Ele não dispensava carne. E era sempre o astro dos domingos em que os Eistein-Rose se juntavam a seus melhores amigos e vizinhos de porta, os Akilah, para maravilhosos churrascos, no terraço coletivo do prédio.

Debaixo das críticas de dona Ydônea, é claro, que dizia não suportar o cheiro de carne na brasa.

– Até meus *minipoodles* são vegetarianos! – ela alardeava. – Eu os treinei para isso!

– Tá vendo em que companhia você está, Maria Júlia Flor? – atacava Bento Tati Camará. A mulher punha a língua para ele, que replicava. – Isso mesmo! Herbívora! Igual a você e os cachorrinhos dela.

O fim da picada seria se ela fosse gaúcha! Aí...!

Nem sempre a relação dos pais de Amália com Avriel e Bisa Gioconda foram tão afinadas. Nos primeiros anos, houve certa formalidade no ar, que incomodava Avriel e Amália. No entanto, ambos prefeririam que essa relativa frieza tivesse sido quebrada de uma maneira diferente... sem sustos, como aconteceu...

Bisa Gioconda estava contando histórias de seu passado. E foi bastante nítido para todos que, entre a chegada dela ao Brasil e três ou quatro anos depois, quando ela se estabeleceu como cozinheira, havia um salto, um pulo, um período sobre o qual Bisa Gioconda jamais falara. Ora todos sabiam que ela, um dia, juntou dinheiro suficiente para fazer uma boa fornada de empadas, que saiu à rua para vender. E daí foi adiante, suas empadas mais e mais famosas, até que o homem que seria seu marido a convidou para ser cozinheira no restaurante que tinha, que estava em dificuldades, sem clientela. As empadas de Bisa Gioconda salvaram o restaurante. E deram filhote: uma franquia de empadas que ela, por muito tempo, dirigira em sociedade com o marido. Mas gostava da vida de aposentada que levava agora, de ir muito ao cinema, ao teatro, a concertos, de viajar e de aproveitar mais a família, o que nunca pôde fazer quando jovem.

— Ah, se meu Nathan ainda fosse vivo... Ele ia gostar também! Trabalhou até morrer, sabem? Eu tinha tanto orgulho dele. Mas, hoje, tenho pena também...

– Mas antes dessa história das empadas, Gioconda...? – indagou, ingenuamente, Maria Júlia, numa daquelas tardes de família. Não foi por mal, somente curiosidade, interesse...

Já Amália, que conhecia a parte secreta da história, engasgou. Com o olhar aflito, procurou Avriel. O marido entendeu que se tratava de uma emergência e veio correndo. Haviam pedido a Bisa Gioconda para jamais mencionar *aquilo* diante dos pais de Amália. Tinham muito medo de como Maria Júlia e Bento reagiriam. Ao mesmo tempo, sabiam que não conseguiriam guardar o segredo para sempre. E que dona Gioconda não iria se sentir travada. Não iria mentir nem escapar de fininho. Haviam perguntado? Teriam a resposta.

O instante foi tenso. Até mesmo os pais de Amália, considerando que Bento Tati Camará não era exatamente um ser humano ligado a suscetibilidades nem saias justas, perceberam que haviam entrado num terreno perigoso...

– O que eu fiz para sobreviver? – disse Bisa Gioconda.

– Vovó! – implorou Avriel, chegando, bochechas afogueadas. – Gigi está ouvindo!

– Não seja bobo, Avriel! – grunhiu Bisa Gioconda. – Ela tem menos de um ano!

– Mas, mesmo assim, ela... ela... – Avriel perdeu a fala e olhou, desolado, para a esposa, erguendo os ombros: "Fazer o quê? É agora!"...

– Eu trabalhei como prostituta, minha filha – disse Bisa Gioconda, olhando firme, embora com doçura, nos olhos de Maria Júlia.

Amália empalideceu. Todos os demais perderam a respiração, esperando um ataque de nervos ou algo assim.

Bisa Gioconda prosseguiu:

– Fiz como muitas de nós que chegamos naqueles navios abarrotados, imundos, sem ter o que comer havia semanas e sem ninguém para nos ajudar. Ou melhor, quem ofereceu ajuda era porque queria de nós exatamente isso. Por alguns anos, eu e muitas de nós só pudemos comer e sair do relento trabalhando como prostitutas.

– Sim... entendo... – murmurou, enfim, Maria Júlia Flor Tati Camará. – Tolice minha perguntar.

– Depois – continuou, com um suspiro, Bisa Gioconda – aprendi a fazer empadas! E como conhecia bem a rua...! Sabem, foi o nascimento da minha filha Debra que me fez mudar de vida. Até então, eu não me importava com nada. Depois do que vi na Europa... Nada! Nathan foi maravilhoso. Aceitou Debra e a amou imensamente desde o primeiro momento. Deu o nome dele a ela. Minha filha sempre o chamou de *papai* e isso o deixava muito, muito feliz. Ele teria adorado conhecer a pequena Gioconda. Ia ser um bisavô fantástico. Do tipo cúmplice, sempre do lado da neta. Contra todos os adultos!

– Mas se o pai da Debra não foi o seu marido... quem...? – murmurou, estonteada, Maria Júlia. Gioconda sorriu para ela, o que fez a corretora de imóveis despertar e, com generosa rapidez, recuperar a fala, a cor do rosto e emendar-se: – Oh, minha nossa! Quer dizer, claro que ele se tornou pai dela e... Ai! O que estou dizendo aqui? Me perdoe, Gioconda. Sobre o seu primeiro trabalho, digo. Claro, claro que... bem, você... se era o que podia ser feito, eu... eu... Bem... Claro! Não é nada tão... tão... Quem sou eu para...? Nunca, Deus me livre! Aliás... eu e o Bento também estamos no comércio. Não estamos, Bento?

– Bah! Como?... Ah, é! Estou, sim! – apressou-se a dizer Bento, reforçando o que disse a esposa. – Certamente que estou, Maria Júlia! Bem lembrado! Até porque, além de consertar, eu vendo relógios antigos. Comércio, sim. Aprecias relógios antigos, dona Gioconda?

A conversa foi retomada. Avriel e Amália trocaram olhares, primeiro de espanto, depois de alívio e, depois, quase marotos, rindo disfarçadamente um para o outro. O almoço foi delicioso, e toda vez que Gigi se remexia no carrinho, Avriel voltava os olhos para ela, desconfiado, se perguntando se seria possível a garota reter na memória alguma lembrança desse dia em que aquelas pessoas se tornaram, solidamente, uma família.

RETORNANDO À CENA DO CRIME...

BEM, TENDO SIDO indispensável contar os antecedentes do caso, podemos dar um salto à frente – reencontrar Vivi com 12 anos e Gigi com 10 – e enfim retornar ao mistério que se abateu sobre o Edifício Rocinante, quando a árvore de Natal que dona Ydônea montara na portaria do prédio foi roubada.

Enlouquecida, a síndica ameaçou chamar a polícia, arranjar mandados para dar busca em todos os apartamentos e até mesmo contratar um detetive particular.

– Foi sabotagem contra minha administração! Minha nossa! A árvore de Natal! Que pecado! Ninguém respeita nada quando se trata de me atacar neste condomínio? Tem gente mal-intencionada aqui, e que odeia a síndica! Mas a árvore de Natal? Nossa árvore de Natal? Sei que tem muita gente esquisita morando no mesmo prédio que a gente, mas, quem pode, em nome dos céus, não gostar de Natal?

AS SHERLOCKAS

— A VÍTIMA TINHA CERCA de um metro e meio de altura e pesava em torno de 13 quilos. Era verde, tinha mais ou menos 60 membros, digo, galhos, de comprimento variado. Tinha base de metal e haste central de madeira, ambas revestidas de papel laminado verde. No momento do desaparecimento, vestia elementos natalinos, ou seja, estava enfeitada de bolas, papais-noéis, estrelas, pacotes de presente e todo o resto. Tinha uma estrela maior na extremidade superior. Cordões de minilâmpadas piscavam alternadamente em cores diversas. Esses, então, eram seus traços característicos. Foi vista pela última vez às 2h57 de hoje por dona Ydônea Tectônia, a síndica, que foi também quem encontrou o corpo, ou melhor, quem não o encontrou, ou melhor ainda...

— Menos, Gioconda! – pediu Vivi, atenta.

— Estou tentando ser o mais profissional possível, Virgínia Lupínia.

Vivi soltou um suspiro, conformada, e sua parceira de investigação retomou a leitura das anotações.

– ... Ou, melhor ainda, como ia dizendo, quem deu pelo desaparecimento da árvore, às 9h11 de hoje. Donde se conclui...

– ... que, se não dava para ninguém passar pela portaria com a árvore escondida, carregaram ela num elevador aproveitando o *ponto cego* do seu Pospácio.

– Não, Virgínia Lupínia. Esta noite foi a folga do vigia noturno, Ardêncio Pospácio. Era o funcionário Julinho quem estava no balcão da portaria.

– Hum... isso pode ser importante. O Julinho não tem prática de vigia noturno...

– ... e todo mundo sabe que ele tira uns cochilos. Mesmo assim, passar com uma árvore de Natal no nariz dele...? Já não ia ser cochilo, mas sono de pedra! Ora, Virgína Lupínia!

– É... o mais provável é que alguém tenha mesmo descido por um dos elevadores para sair, mas mudou de ideia quando viu a árvore de Natal. Daí, ficou com vontade de ter árvore de Natal em casa e carregou a do condomínio. Sabe, alguém que queria muito um lugar para colocar seus presentes de Natal e, quando percebeu, tinha esquecido de comprar a árvore, e o Natal já estava em cima e nenhuma loja tinha mais nenhuma árvore do jeito que a família dele queria. Ou então... estava sem dinheiro pra comprar uma árvore, não queria decepcionar o pessoal em casa, daí...

– Ou o roubo pode não ter nada a ver com Natal, Virgínia Lupínia – cortou Gigi, ao perceber que a amiga já ia disparando a falar. – Pode ser alguém querendo implicar com dona Ydônea ou se vingar dela. E, nesse caso, o que não falta são suspeitos neste prédio!

– Pode ter sido isso, claro que pode! E os suspeitos... Para começar, tem seu Miguelito e o pessoal da oposição. Só aí são meia dúzia... E nenhum deles gosta da gente! Nem da família da gente... Da minha e da sua, Gioconda!

– Não podemos levar isso para o lado pessoal, Virgínia Lupínia. Somos detetives. E vamos abrir a primeira agência de detetives só de garotas quando a gente crescer!

– Isso! E temos um mistério para resolver. Como a gente começa...?

– Hum... Acho que vale a pena interrogar o Julinho...

– ... você quer dizer *bater um papo*, Gioconda...?

A menina menor deu de ombros e retomou:

– Para saber dele, sinceramente, o que estava fazendo entre as 2 da madrugada e hum... 7 da manhã de hoje. Foi quando ele passou a portaria para o zelador Betruco.

– Hum... Você quer dizer... Vamos descobrir se o Julinho cochilou no serviço? Acha que ele vai contar?

– Com uma técnica de interrogatório profissional... vai, sim, Virgínia Lupínia.

— Bem, pelo menos isso ia eliminar de vez a hipótese de que nosso ladrão de árvore de Natal fosse alguém de fora, Gioconda.

— E, depois, temos de interrogar o zelador Betruco sobre aquele tantinho, das 7 às 9h. Aliás, ele se atrasou mais de meia hora para chegar ao prédio. Escutei o Julinho reclamando.

Vivi sorriu bem de leve. Era uma das habilidades da amiga e parceira de investigações: ninguém nunca reparava nela e, por isso, as pessoas diziam coisas, mostravam coisas, faziam caras e bocas que serviam de pista, sem se preocupar em disfarçar... E a Gigi, parecendo invisível, registrava tudo.

— Certo, Gioconda! Vamos lá.

Muito quieta, Gigi fechou a caderneta de anotações, guardou-a no bolso, junto com a caneta, e saiu atrás de Vivi.

A OPOSIÇÃO

– VOCÊS SABEM QUE eu não tenho preconceito contra nada nem ninguém, amigos...

Da meia dúzia de sujeitos em torno de seu Miguelito, todos balançaram a cabeça, concordando com o que ele acabara de dizer, e somente dois aparentaram algum constrangimento. Seu Miguelito conferiu o assentimento de todos e prosseguiu:

– As unidades neste prédio são muito desiguais. Todos reconhecem que isso é um problema. Foi um erro do projeto. Os apartamentos da frente, 1 e 2, têm cerca de 150 m² cada um. São bons apartamentos, três quartos, dois banheiros, vaga na garagem. Já as unidades 3 e 4, dos fundos, têm a metade do tamanho. Dois quartos, um banheiro, nada de vaga. Muitos dos apartamentos na coluna dos fundos são alugados. Alguns até por temporada, para turistas. Quer dizer, quem mora ali não é *proprietário*. O prédio não é patrimônio deles. Não é... deles! Ora, isso cria desequilíbrios, vocês sabem. Tem gente querendo um prédio melhor e tem gente querendo um prédio... mais barato! Vejam o caso da minha proposta de instalação de um sistema de câmeras na portaria, nos elevadores, na garagem e nos andares. É uma questão de segurança. Com câmeras na portaria e no *hall*, não haveria essa história de *ponto cego* para quem está de serviço no balcão. Mas a proposta foi derrotada na assembleia, com voto contrário unânime dos condôminos dos apartamentos menores...

– E apoio de dona Ydônea, que tem sempre o voto deles nas eleições para síndica! – resmungou seu Hipólito.

– Se não fosse esse pessoal dos apartamentos menores... – disparou seu Costado, outro *oposicionista* – ... nunca a portaria social do prédio teria sido liberada do jeito que foi. E o elevador social, então? Virou bagunça! Pra que a gente tem entrada de serviço, na lateral do prédio, elevador de serviço e porta de serviço nos apartamentos, se todo mundo tem permissão para passar pela parte social?

– Isso... – interrompeu seu Miguelito – ... é coisa da lei, meu amigo Costado! Não teve jeito. Senão, haveria processos, multas... Não houve alternativa. Eu próprio seria obrigado a liberar, se fosse síndico. São os tempos em que a gente está vivendo, você sabe. Ninguém mais pode mandar nem na própria casa.

– E tem esse pessoal das lojinhas, ora...! O pessoal das lojinhas! – queixou-se de vez Costado.

– Estávamos falando da sabotagem às comemorações de Natal de nosso condomínio! – disse seu

Miguelito, tentando frear o aliado, mas sem ofendê-lo. Percival Costado era sempre o mais esquentado do grupo da oposição.

– Mas tem gente aqui que não gosta de Natal! Ora, o pessoal do 303 desconhece o que é isso. Não é da... *cultura* deles. O tal artista nem liga pra essas coisas. Do jeito que atravessa a portaria social, todo mulambento (se não for coisa pior... sempre acho os olhos dele meio estranhos, vidrados, virados pra dentro...), deve achar as festas natalinas uma grande besteira. O do 304, ora, o cara vive suado naquela lojinha dele. Já falei pra minha mulher para não comprar nada lá. Mas ela teima, porque diz que as frutas dele são as melhores por aqui! Vejam... Só dão problemas! E vocês não viram aquelas duas garotas metidas, no *hall*? Justamente a filha do 303 e a do 304. Estavam fuçando tudo, orelhas em pé, olhos bem abertos... Como apareceram tão depressa? E por quê? O que estavam querendo? Devem estar fazendo relatório completo para os pais, numa hora destas.

– Você acha que aquelas duas poderiam ter roubado a árvore? – perguntou outro morador da oposição.

Seu Costado congelou um sorriso no rosto. Na verdade, em um quarto de rosto. Os olhos não eram capazes de sorrir. E, quando ele forçava, os lábios somente se entortavam. No grupo, baixou silêncio.

Todos trocaram espiadelas, mas ninguém disse nada. A pergunta ficou flutuando no ar acima da cabeça deles, fedida e despejando sombras, até que seu Miguelito falou:

– Bem, dizem que o criminoso sempre volta ao local do crime...

Seu Honório soltou uma risadinha, quase tosse de engasgo. Mais trocas de olhares. Mais silêncio, nenhum deles querendo arriscar dizer qualquer coisa além, até que o próprio Miguelito, olhos cravados no teto como se a ideia lhe ocorresse naquele momento e o preocupasse bastante, murmurou:

– A não ser que tenha sido coisa da própria síndica... Ela foi a última a ver a árvore, não foi? E de madrugada.

– Isso não faz sentido, Miguelito! – disse seu Honório. – Dona Ydônea organizou até uma festinha para inaugurar a árvore. Foi quem mais se deu mal nessa história.

– Aposto como ia usar essa porcaria toda na campanha pela reeleição dela – reforçou seu Costado.

– Também acho, também acho... – ponderou Miguelito, ainda de olhos apertados voltados para o alto, como se estivesse procurando enxergar alguma coisa encoberta por névoa. – Mas... Honório, Costado... Todos vocês! Bem, não quero levantar suspeitas, mas... Ora! – E Miguelito, com expressão de certa dor e contrariedade, levou a mão à boca do estômago como se o pensamento lhe ocorresse a contragosto e ele preferisse nem sequer esclarecer o que era...

– Diga! Diga! Estamos entre amigos – insistiu Honório.

– Sim, tenho de dizer. É minha obrigação. E você tem razão, aqui estamos entre amigos e devemos usar da máxima franqueza. Pois bem... É só uma coisa que me pegou agora lá dentro e... me incomodou, juro. Um pensamento... Ora! Me corrijam se estiver delirando, mas... Não serviria muito melhor para dona Ydônea se *ela* fosse a grande vítima? Se os moradores achassem que ela... *coitada... nossa síndica...* teve todo o trabalho de montar a árvore... à toa. E que... alguém, uma pessoa sem escrúpulos, cruel e invejosa, a sabotou para impedir que ela recebesse reconhecimento por sua iniciativa? Por seu trabalho? Por seu cuidado com o prédio? Quem sabe quem fez isso foi alguém... da oposição?

– Ela não ia ter coragem de nos acusar! – esbravejou seu Costado. – Olha aqui, Miguelito...!

– Não, olhem vocês! Mais alguém passou pelo *hall* depois dela? Então, de quem a gente deveria suspeitar... se ela não tivesse armado aquele espetáculo de choradeira e ataque histórico para ninguém suspeitar dela? Pensem!

Mais trocas de olhares. Silêncio.

UM PEQUENO DETALHE

VIVI ESTAVA PRESTES a surtar. Jurava que ia pular no pescoço do Mateus ("garoto bobo!") se ele passasse mais uma vez junto delas. Junto, não... triscando. Exibindo-se de todos os jeitos na sua *bike*.

Foi as sherlockas baixarem na garagem – onde Julinho aproveitava seu horário de folga, depois de fazer o turno da noite na portaria, para lavar carros, um de seus *bicos* no prédio – e o garoto surgira, como se as farejasse, já acelerando, empinando a roda da frente, ensaiando derrapadas laterais e em mil e uma manobras *iradas*... ("Radical de garagem!", sussurrou Vivi para a sua sócia).

Já Gigi não se deixou perturbar pelo *bike--espetáculo*. E nada do disfarce que Vivi queria, de *puxar conversa... entrar no assunto assim como quem não quer nada...* Gigi parou diante do Julinho, encarou-o – Julinho, meio contrariado, foi obrigado a interromper a lavagem do carro – e de supetão disparou:

– Julinho, confesse! Você estava cochilando no balcão da portaria, na hora em que roubaram a ár-

O rapaz ficou pálido, depois vermelho feito mancha de alergia na pele, engasgou, gaguejou... E Vivi cochichou no ouvido da outra:

– É isso que você chama de "técnica de interrogatório profissional"?

Gigi não respondeu. Continuou olhando duro e cravado nos olhos de Julinho, que finalmente conseguiu dizer:

– Não tava, não! Juro que não! Quer dizer...

– Quer dizer...? – marcou em cima Gigi.

– Olha, Julinho! – disse, amigavelmente Vivi. – A gente não quer arranjar encrenca para você. Mas precisa saber a verdade, entende? Vai, cara! A gente não é amigo?

De todos os funcionários do prédio, e até pela proximidade de idade, Julinho era o que melhor se dava com a garotada. O rapaz baixou os olhos, envergonhado...

– Se a dona Ydônea souber...

– Então, você tava dormindo, cara! – insistiu Gigi mais uma vez.

E o tempo todo o Mateus passando de lá pra cá. Freando... acompanhando suas manobras com uma animada narração, levantando o clamor da torcida, fazendo a sonoplastia das rodas em atrito com o chão. Pra lá e pra cá. Pra lá e pra cá... enlouquecendo Vivi.

– Mas eu não saí da portaria... nem um instante! Juro! Dona Ydônea e o outro...

– ... Seu Miguelito!

– Ele mesmo. Os dois já me deram prensa. Um depois do outro. Mas da portaria eu só levantei pra entregar o posto pro seu Betruco. Deixei ele sentado no balcão e desci pra garagem, pra lavar os carros.

– Lavar carros direto? Não foi dormir...? – perguntou, com pena, Vivi.

– Não dá... tem gente do prédio que sai cedo com o carro. E quer o bicho bem limpinho. Dormir, só uma horinha depois do almoço, até às duas, quando eu pego de novo a portaria.

– Todo dia é assim?

– Virgínia Lupínia! Estamos aqui pra investigar um crime! Deixa o papo pra depois.

– Só queria saber! – replicou, chateada, Vivi. – Não é à toa que ele vive cochilando quando tem de cobrir a folga do vigia noturno! O cara tá exausto!

– Eu não vivo cochilando! – protestou Julinho. – Já disse que foram só uns MINUTINHOS, coisa de nada. Foi, sim!

– E o seu Betruco? – perguntou Gigi.

– O que tem ele?

– Ele chegou meia hora atrasado não foi?

– É... por aí... tava... acho que ainda tá... meio se sentindo mal... A coluna de novo! Mas já tinha faltado este mês. Sempre essa danada de dor nas costas dele. Daí, hoje só veio porque ficou com medo de começarem a dizer que ele é velho demais pro serviço.

– Minha mãe já falou pra ele ir a um médico... – disse Vivi. – Pode ser coisa séria.

– Ele é teimoso... – assentiu Julinho. – Ei, posso voltar aqui pra minha lavagem? O dono sai daqui a pouco e não quer saber! Se o carro dele estiver sujo, bronca!

– Tá, desculpa o aperto! – disse Vivi, já se virando pra sair... e com mais uma olhada raivosa para Mateus e suas manobras doidas... O garoto agora fazia de conta que estava num tremendo filme, e ele era o *bike*-herói, é claro, subindo uma avenida supermovimentada na contramão... E narrando tudo.

– Mais uma perguntinha... – teimou Gigi, e recebeu uma olhada pesada de Vivi, como se a garota mais velha dissesse: "Mas você não tem pena, hein?"... Gigi ignorou a sócia: – Se o seu Betruco estava com dor nas costas, não deve ter dado uma volta pela portaria pra ver se estava tudo certo. Ele nem chegou ao *hall* dos elevadores, não foi?

– Não mesmo. Sentou e ficou pregado na cadeira. Aquela coluna dele, quando dói, é fogo!

As duas meninas deixaram Julinho acelerando a lavagem para terminar a tempo, mas, no que estavam quase alcançando o elevador, Mateus, com a sua *bike*, cortou o caminho delas numa derrapada.

– O que você quer, menino? – irritou-se Vivi.

– Eu sei o que vocês estão fazendo! – disse ele,

com uma risadinha.
— Não chateia! — disparou Vivi, quase gritando.
Já Gigi apenas observava o garoto... Mas era *aquela* observada, bem de Gigi e só dela.
— Vocês estão xeretando o roubo da árvore de Natal, não estão?
— Investigando! — protestou, cada vez mais raivosa, Vivi. — E isso não é da sua conta.
— É sim... se eu for um dos suspeitos.
— Você? — exclamou Gigi, bem debochada. — Era o que você queria, não é? Você se acha o máximo!
— Confessa, Vivi! Eu sou um dos *seus* suspeitos. Eu quero ser suspeito pra você me investigar!
Vivi deu um bote em cima do garoto, empurrando-o. Foram ao chão, ele e sua *bike*. Mas Mateus já caiu dando gargalhadas, enquanto Gigi puxava a sócia para o elevador. E foi na subida que a garota mais nova falou:
— Há indícios, claro, de que ele tem uma quedinha por você. E você por ele!
— Ficou doida, Gioconda! — exclamou, irritadíssima, Vivi.
— É só uma constatação dos fatos.
— Não tem fato nenhum aqui, sua metida. Ele é um bobalhão, só isso! Pensa que a gente tá de brincadeira. Éééé...! O menininho quer brincar de polícia e ladrão! Não tô nem aí!
— Hum-hum!

– Além do mais, ele é filho do inimigo! Do seu Miguelito! Do cara que odeia as famílias da gente! A minha e a sua. Se pudesse, ele expulsava a gente do prédio!

– De novo: hum-hum!

– Gioconda! Não me provoca!

– Eu nunca provoco. E quanto ao Julinho...

– Bem, ele não sabe de nada!

– Viu? É disso que eu tava falando. Pistas claras de quedinha mútua. Você e o Mateus são cúmplices nesse caso.

– Caso? Que besteira é essa... Gioconda! Por favor, nem vem! Virou *cupida* agora?

– Se você não estivesse tão perturbada com a tal *brincadeira* do Mateus, teria percebido um pequeno detalhe. E também que minhas "técnicas profissionais de interrogatório" deram resultado.

Vivi brecou de repente. Conhecia a amiga bem o bastante para saber que ela não estava dizendo isso à toa... Deixara mesmo alguma coisa escapar. Alguma coisa... De repente, seu rosto se iluminou.

– Minha nossa, Gioconda, tem razão! O Julinho está escondendo o jogo. Senão...

– Senão... quando eu perguntei se ele estava cochilando na hora em que roubaram a árvore, não ia saber que hora seria... Poderia ser em qualquer momento entre a hora em que dona Ydônea terminou de montar a árvore e as 7h30 desta manhã, quando seu Betruco chegou. Mas ele sabe a que horas aconteceu o roubo. E sabe que nessa hora estava cochilando. Pode até estar dizendo a verdade, quando conta que foi uma dormidinha rápida. Ou não. Mas sabe de alguma coisa mais, que não contou pra gente.

– Será que foi ele? – indagou, meio que para si mesma, Vivi. – Não... Acho que não pode ser, entende?

– Falando desse jeito, não, não entendo coisa nenhuma. "Acho" não é pista.

– Mas não faz sentido. O que ele ia querer com uma árvore de Natal? E o risco de ser despedido? Pior, dona Ydônea ia dar *justa causa* nele e, nesse caso, o funcionário perde um bocado de dinheiro. Podia até ser preso, se a síndica resolvesse dar parte à polícia.

– Hum... Correto, Virgínia Lupínia!... – Gigi fez uma anotação em sua caderneta e prosseguiu: – Agora, sobre o Mateus...

– Não enche! – resmungou Vivi, fechando a cara.

DONA YDÔNEA TECTÔNIA

– ELES SÃO SEMPRE assim, Pérola! – disse dona Ydônea à vizinha, a quem, depois de um cerco, conseguiu encostar na saída do prédio. Tocaia de eleitor era uma de suas especialidades. Era a décima terceira ou décima quarta vez que repetia a manobra, com êxito, naquele dia. – Quando eu me proponho a fazer, criticam alegando que estou esbanjando o dinheiro do condomínio. Quando seguro algum gasto, dizem que estou negligenciando uma coisa qualquer, que dizem que é essencial! São sempre do contra! Fazem de tudo pra me derrubar! *DE TUDO!*

– Bem, o seu Miguelito... – disse dona Pérola, depois de hesitar um pouco. E a síndica sabia que todo mundo tinha alguma crítica contra seu Miguelito. Era uma questão de soltar a língua das pessoas, outra das especialidades de dona Ydônea Tectônia.
– ... Acho um abuso dele usar nossa garagem como depósito de carro velho. Ora, se ele quer ser colecionador de veículos antigos, que compre um espaço onde não bloqueie a vaga de mais ninguém!

De fato, era um dos pontos sensíveis de seu Miguelito. Além da vaga do seu apartamento, ele alugara outra para guardar seu carro de estimação... Um Aero Willys 1960. Não que fosse mesmo um *colecionador*. De carro antigo, tinha somente *aquele*, que nem andava mais, nem mesmo dentro da garagem. Mas seu Miguelito virava bicho quando o criticavam por causa do veículo. E brigava com qualquer um que sugerisse que ele deveria dar algum destino à relíquia ("Por que não deixa essa tranqueira descansar em paz, Miguelito?"), antes que a ferrugem decidisse a coisa sozinha. Ninguém entendia a teimosia dele com o Aero Willys.

– Bem... – assentiu dona Ydônea, com um movimento de cabeça. A seguir, respirou fundo, como se estivesse recolhendo paciência do ar, e disse num tom compreensivo: – Sei que é uma chateação para todo mundo. Mas a verdade é que não se pode fazer nada. Ele tem direito a pôr o carro que quiser na vaga que aluga. Depois de muita briga, consegui que concordasse em guardar aquele monstro verde-vômito numa vaga que não atrapalha ninguém, bem no fundo da garagem, colado no poço do elevador. Mas o aborrecimento que isso me custou...

– Imagino! Coitada de você, Ydônea! Mas foi ótimo mesmo! Ai, ai... Cansei de ver o Julinho empurrando aquele carro pra lá e pra cá, para liberar a vaga de alguém.

– Nem brinque, Pérola! Eu mesma... Ah, o sufoco que passei uma noite, quando tive uma emergência médica em casa... a Jandira... um dos meus *minipoodles*, lembra? ... E eu precisando sair ligeira... Bem! Vamos deixar isso pra lá. Não acontece mais. Entenda, Pérola, estou de mãos atadas. Claro que, se os moradores quisessem promover uma mudança na convenção do prédio na próxima assembleia, daí... Já sobre a nossa árvore roubada... Ora, tem algum palpite de quem poderia fazer uma coisa dessas, Pérola, querida? Você é uma das moradoras mais antigas. Conhece todo mundo no prédio.

– Não mais, Ydônea. Tem tanta gente nova. De uns dez anos para cá, quantos apartamentos mudaram de dono? Ou nem de dono, mas... de morador. Vivo esbarrando com gente que nunca vi na portaria. Nem sei se moram aqui ou não!

Como se tivessem combinado, dona Ydônea e a vizinha emitiram juntas um profundo suspiro... dona Pérola era uma senhora beirando os oitenta anos, com figura enxuta, bem disposta, que toda manhã saía para sua hidroginástica; à tarde, para fazer compras e serviços de rua; e à noitinha, antes do jantar, para caminhadas na grande praça, próxima ao prédio.

Quando ela se afastou, seguindo para o seu passeio na praça, dona Ydônea fez uma anotação em sua memória, tipo: "703 – OK". Depois a passaria para um caderninho de capa roxa, que carregava na bolsa, no qual controlava suas "tarefas discretas", que era como chamava esse tipo de abordagem aos vizinhos. "Ninguém imagina o quanto dá trabalho ser síndico de um prédio", pensou. "Esse pessoal da oposição tá pensando o quê?". No entanto, desfez rapidamente a chateação do rosto e armou um sorriso, porque agora ia passando pela portaria o dr. Azevedo, do 801.

Era um dos "neutros": nem do lado de dona Ydônea nem de seu Miguelito. Pelo menos, não em princípio. E, na maioria das vezes, nem ia às assembleias. Era um pediatra próximo dos 60 anos. Saía cedo para o hospital, ou o consultório, e voltava sempre à noite. Era raro estar àquela hora no prédio. Dona Ydônea o cumprimentou, o mais simpaticamente que conseguiu, já garantindo a si mesma que marcaria mais um *OK* no seu caderninho.

O ELEVADOR MAL-ASSOMBRADO

SEU ARDÊNCIO POSPÁCIO era o vigia noturno do Rocinante. Mas, de terça para quarta-feira, toda semana, era sua folga...

– E folgo também uma noite de domingo por mês. Mas era terça pra quarta-feira, quando levaram a árvore. Daí eu não estava na portaria, meninas. Vão conversar com o Julinho.

– A gente já fez isso, seu Pospácio – disse Vivi. Então, por um impulso que não saberia explicar, aproveitou a chance e fez a pergunta que sempre encasquetara de fazer, mas nunca tivera coragem:

– Aliás, de onde seus pais tiraram esse seu nome?

– Como assim, *aliás*? – repreendeu-a Gigi. – Isso não tem nada a ver com a investigação, Virgínia Lupínia. Deixa de ser intrometida!

– Eu sei que não é uma pergunta sobre o caso – replicou Vivi, meio sem graça. – Mas vai me dizer que nunca quis saber isso, Gioconda? É um mistério também, não é?

Gigi revirou os olhos para o teto. Não aprovava quando Vivi perdia o foco... Mas... era verdade... Na sua família também havia nomes fora do comum... "O meu, por exemplo"... Mas *Ardêncio Pospácio* era um pouco demais.

– Como assim: *mistério*? – devolveu o porteiro noturno, com expressão magoada, como se o tivessem xingado.

– Bem... – tentou Vivi... – um nome... um nome...

– Um nome muito comum na minha terra – resmungou o homem. – Vila Pospácio, em Goiás.

– Jura? – espantou-se Vivi.

– Claro... Minha família fundou a vila. Os *Pospácio*... Estamos há duzentos e tantos anos por lá.

– E o... *Ardêncio*? – perguntou a garota.

– O que que tem?

– Ora, vai dizer...

– Meu bisavô se chamava Ardêncio – cortou o vigia. – Tenho um tio chamado Ardêncio. Tenho sete primos chamados Ardêncio.

– E todos são Pospácio...?

– Mas é claro! – irritou-se.

– Tá bem! – intimidou-se Vivi.

Já Gigi, agora, havia ficado interessada no assunto e não quis desistir:

– E você está me dizendo a verdade? Tem mesmo uma Vila Pospácio, em Goiás, onde mora um bando de gente chamada Ardêncio...? Ou tudo isso foi um ataque de mal-humor estragado do seu pai, na hora de fazer o registro de batismo?

Ardêncio Pospácio ficou um instante encarando a garota, depois deu de ombros e falou:

– Tá, dane-se o que você pensa, não tenho nada a dizer. Pelo que eu sei, alguém do prédio baixou no *hall*, surrupiou a árvore, daí tomou o elevador mal--assombrado e subiu. Com a droga da árvore. Fim de papo! Meu nome não tem nada a ver com a história. Eu também não!

– Elevador mal-assombrado? – estranhou Gigi.

– É... – murmurou o vigia. – O social. Só faz barulho de madrugada.

– Como assim...?

– Incomoda a gente aqui, no balcão. Mas, quando acontece, é bem tarde da noite... Já contei pra dona Ydônea, ela chamou a assistência técnica, revisaram tudo e nada.

– Não encontraram nada... – disse Gigi.

– E nem acreditam em mim, sobre o tal barulho. Acham que estou criando caso... Hum!

– Como é o barulho, seu Pospácio? – perguntou Vivi.

– Sabe joelho com artrose? – devolveu o vigia.

– Não...! – disse Vivi, irritada com a rabugice do homem. – Sou nova ainda para já ter validade vencida nas articulações, sabia?

– Mas vai saber... um dia – sorriu ele. – Vai sim!

E disfarçadamente acariciou o joelho por cima da calça do uniforme.

– Mas esse barulho...? – insistiu Gigi.

– Feito se tivesse areia nas roldanas. A coisa que puxa os cabos, entende? Fica rangendo lá no fundo do poço. Fazendo um *croct-croct*. Não é alto, mas de madrugada, tudo silencioso, é de assustar. De dia, ninguém escuta. Por isso, nem o Julinho, nem o Betruco sabem de nada. Aliás, por que não vão encher a paciência do Betruco por causa do nome dele?

– Betruco é apelido! – disse Gigi. – O nome dele é José Messias.

– É...? – exclamou Ardêncio, fingindo surpresa. – Não sabia...

– Claro que sabia... – disse Gigi. – Tá bem aí atrás de você, pregado no quadro. É a tabela de serviço dos funcionários do prédio. A lei manda que tem de ter isso à vista em toda portaria. Vai dizer que nunca olhou? Nunca conferiu o que diz sobre seu horário de serviço?

– Pra quê? Sei tudo de cabeça – disse, mais fingido ainda, o vigia.

– O Julinho cobre sua folga nas noites de quarta-feira. Então, se o tal barulho soa de madrugada, ele devia ter escutado, não devia?

O vigia encarou Gigi, como se pensasse: "Tão pequena e tão metida, tão... irritante!".

– Vai ver, não range nas madrugadas das quartas--feiras *dele*. Eu disse... é mal-assombrado. Ou então, ele não escuta porque está dormindo. Vocês sabem...

– Que ele dorme no serviço? – disse Vivi. – Todo mundo sabe. Menos dona Ydônea, pelo que parece. E como você sabe que não pegaram o elevador de serviço?

– Sei lá que elevador pegaram! Eu nem tava aqui!

– Você disse que foi o social.

– Deve ter sido. O de serviço fica na outra ponta do *hall*. E anda quebrando toda hora. Tem hora que a gente aperta o botão num andar e ele passa direto. O pessoal só pega ele quando não quer descer de escada, daqui da portaria, para a garagem. Senão, evita, com medo de ficar preso. Além do mais, a árvore estava mais perto do social. Se era para levar ela para um dos apartamentos, como estão dizendo que o ladrão fez, o sujeito ia usar mesmo o social.

– Sei... – murmurou Gigi. E ficou encarando o homem... que ficou perturbado com a falta de expressão no rosto da garota. Será que não ia conseguir que ela perdesse a paciência? Mas, se conseguia isso com todo mundo...

Vivi deu tchauzinho e um sorriso para o vigia, TENTANDO SER SIMPÁTICA, e carregou Gigi junto. Já subindo para o andar delas, disse à sócia:

– Sujeitinho suspeito, não?

– Hum-hum – concordou Gigi. – Só não sei suspeito de quê.
– Bem, para um primeiro dia de investigações, até que a gente andou bem, não acha, Gioconda?
– Nada mal! – respondeu a garota mais nova, concentrada num problema a respeito do qual ainda não estava pronta para conversar. Mas, esfregando os olhos, cansada (tiveram de esperar até às 10h, quando o vigia Pospácio pegava no serviço), continuou: – Sem contar que arrumamos mais dois mistérios para decifrar.
– Deixa eu ver... Primeiro, por que o Julinho está mentindo pra gente? E depois... essa história de elevador mal-assombrado.
– E o mistério dos mistérios... – continuou Vivi. – O que isso tudo tem a ver com o roubo da árvore? Porque tanta esquisitice junta não pode ser coincidência, pode?
– Nunca! – concordou Gigi.
– *Uau*! – vibrou Vivi. – Estamos feitas, não é, Gioconda?
– Vai ser uma festa, Virgínia Lupínia! – comemorou Gigi abrindo um sorriso raro... como se tivesse topado de surpresa com uma taça de seu *sundae* de pistache com mirtilo, seu favorito. Só que, de repente, o rosto dela se fechou.
– O que foi, Gioconda?
– Você sabe...

– O que você acha que eu sei, Gioconda?

– Nós somos detetives, Virgínia Lupínia!

– Candidatas a detetives. No futuro.

– Nem por isso a gente pode ir contra as regras... Se não, nunca vamos ser detetives de verdade.

Uma sombra baixou sobre os olhos de Vivi. Sim, adivinhou do que sua sócia estava falando. As investigações sobre o roubo da árvore de Natal estavam somente começando. Não poderiam então, de cara, descartar nenhuma possibilidade. *Nenhuma*.

O FRUTEIRO

NUM DETERMINADO MOMENTO, Yannis Akilah parou de escutar o que a sua filha lhe dizia. Simplesmente a olhava. Por segundos, Vivi teve a impressão de que uma película de umidade cobrira os olhos de seu pai. Mas logo a sensação se desfez. Nunca o vira chorar, e a *ameaça* disso acontecer agora a incomodou. Foi Yannis quem falou:

— Nem acredito... é você mesma! Crescida. Linda.

— Pai, para! Já disse ... a gente tem de conversar. É sério.

— Quando você nasceu, tinha horas em que eu olhava você e não acreditava que era de verdade. Mas e agora, aí, na minha frente? Uma... moça... quase! *Quase* uma moça. E tão linda...! Minha filha! *Mi-nha-fi-lha*!

— Pai, eu preciso saber...!

Yannis piscou os olhos, como se retornasse à cena:

— O que... você estava perguntando?

— Eu preciso saber, pai. Não se chateie de eu perguntar, por favor. Preciso mesmo!

— Mas o quê...?

– A árvore de Natal... Sei que a dona Ydônea vive implicando com você...

– Comigo, só, não. Com todos os donos de lojas do térreo. Aquela bruxa...!

– Daí, bem... A árvore de Natal, pai!

Yannis encarou a filha por alguns segundos; então, parecendo finalmente compreender, disparou:

– Como você pode pensar isso de mim?

– Pai... sei lá. Você podia...

– E pra que eu ia querer a árvore?

– Pra se vingar da síndica. E podia ter levado ela pela garagem, pegado a viela lateral externa dos prédios... que dá na porta de entrada de produtos das lojas. Daí...

– Eu não fiz nada disso! – berrou Yannis, roxo de raiva, levantando-se. – Ficou maluca? Que esse pessoal cisme comigo porque me veem carregando caixotes de frutas nas costas, eles que se danem. Mas, você, não! Você é minha filha!

– Pai, não é nada disso! Eu só... eu só... Tenho de perguntar, entende?

– Não entendo porcaria nenhuma! – murmurou ele, levantando-se. Seu rosto havia mudado radicalmente. – Como pode me acusar? Você não me conhece? Cresceu e não me conhece mais? Vivi...!

Yannis Akilah voltou as costas para ela e saiu do quarto. Uma sombra, agora, em seu rosto cobrira até mesmo a irritação. Algo que machucou Vivi.

Muito... Porque viu no rosto dele que seu pai ficara magoado com ela. Mais do que magoado, muito ferido. Por ela, a pessoa que lhe dava momentos alegres. Que brincava com ele, quando era menor... que continuava brincando até hoje... Nunca o havia magoado antes. E sabia, como sempre acontecia quando seu pai se aborrecia gravemente com alguma coisa, que ele não conseguiria dormir. Ia andar para cá e para lá, a noite inteira, na sala. E que ela, como se tivesse um olho mágico para observá-lo, não dormiria também, ficaria a noite toda se revirando na cama e acompanhando cada passo dele, com pontadas de culpa por todo o desgosto que ele, mudamente, se forçava agora a engolir.

"Ele não vai mais falar comigo. Nunca mais!", disse Vivi a si mesma. Uma lágrima lhe escapou dos olhos. Uma somente, de cada olho. E escorregaram pelo seu rosto numa trilha ardida.

De repente, um outro pensamento a perturbou: "Como será que a Gigi se saiu? Melhor do que eu... Espero!".

O ARTISTA

– NÃO ACREDITO! AMÁLIA! – berrou Avriel. – Liga pro teu pai, rápido! Ele vai adorar essa!

Gigi estava absolutamente desconcertada com as gargalhadas do pai. Amália entrou na sala, onde os dois estavam conversando, já ressabiada. Sabia que ia receber gozação.

– Não provoca o gauchão, que nem sempre ele está com espírito para brincadeira! O que houve, Avriel?

– Nossa filha... Ela é... genial...!

– Pai! Estou falando sério. Preciso...

– Imagine, Amália. Ela acha que fui eu que roubei a árvore de Natal do prédio!

– Avriel! Gigi! – horrorizou-se Amália. – Isso é coisa que se fale?

– É verdade! É verdade! – bradou Avriel, quase sem fôlego de tanto rir. – Ela está *investigando* o caso... É, *investigando*... Nossa filhota amada! Viu o que deu ler histórias policiais para ela, antes de dormir, em vez de contos de fadas? Tô dizendo... E eu sou suspeito! Amália! Eu sou o suspeito número 1 da nossa filha.

– Não é o número 1! – protestou Gigi. – Não temos nenhum Número 1 ainda. Não é brincadeira, pai. Não debocha! A gente tem de checar todos os envolvidos no caso. E afastar hipóteses até chegar ao culpado!

– É isso, então! – comemorou Avriel. – Eu sou uma *hipótese* dela. E eu, idiota, que nem sabia que ela já usava essa palavra. *Hipótese!*

– Avriel! Sua filha cresceu, não reparou?

– Claro que eu reparei. Reparo nisso todos os dias – disse ele, controlando a gargalhada e agarrando a garota para um abraço de urso. Gigi fez uma careta.

– Olha, filha... eu não roubei a árvore. Na verdade, não estou nem aí para o Natal! Quanto mais para árvores de papel laminado e decoração cafona!

– Mas esse é o problema! É isso que o pessoal fala!...

– O que eles falam? – indagou Avriel brecando. – Quem fala?

– Não é possível que você não perceba, pai.

– Avriel... – tentou Amália.

– Não, peraí... – pediu o homem. – Isso está cada vez mais engraçado! Responde, Gigi!

– O pessoal do prédio diz... que a gente não liga pro Natal.

– A gente...?

– A família da gente. Nós todos...!

– Por quê...?

– Avriel! – ralhou Amália. O marido voltou-se para ela. – É incrível que você não note que tem um mundo a sua volta, mas não precisa fingir que não sabe do que se trata.

– Não tô nem aí para essas pessoas! Diz, Gigi... Pode dizer! Não vou ficar bravo.

– Nem vai rir de mim de novo?

– Eu não estava rindo de você. Ri do que você disse... é engraçado.

– Não acho engraçado... – protestou Gigi.

– O que é que falam da gente?

– Que a gente é judeu e não tem mesmo Natal.

– A rigor, na tradição, judeu é quem é filho de judeu por parte de mãe. Pai não vale nada nessa história.

– E bisa?

– Hum... Não sei! Pergunta pra ela.

– Tá, mas para *piorar*, você é um *artista*... que eles acham que é outra razão para você não ligar pro Natal... E, aliás, você não liga mesmo. É a mãe quem compra os presentes, faz questão da ceia... E eu...

– Você...?

– Ora, eu me sinto judia. Gosto de ser judia... E gosto de Natal.

– Ótimo pra você! – disse, ainda debochado, Avriel. – Fica com o melhor dos dois mundos.

– Não é isso, pai... – murmurou Gigi, sentida.

Alguns segundos de silêncio, de hesitação: ela, como se estivesse esperando uma coisa; ele, sem entender o que seria. Então Avriel disse:

– Gigi, pode acreditar! Não fui eu quem roubou a árvore. Dou minha palavra. Não ia aguentar me aproximar muito daquela coisa brilhosa e entulhada de cores!

– Pai!

– Tá, linda árvore! Uma fofura de árvore. Era maravilhosa... para uma árvore de Natal, um espanto. *RÔ! RÔ! RÔ!* Vou me vestir de Papai Noel no Natal para você!

Gigi por pouco não escancarava um sorriso. Segurou-se e disse:

– Mas você já nasceu sem acreditar em Papai Noel!

– Então vou me fantasiar de rena do Polo Norte. Eu acredito em renas. Acho até que já pintei uma. Era meio cor de abóbora e torci a cabeça dela numa... abordagem... *meio cubista* ou... Uma parte da cabeça, eu pintei dissecada, virada do avesso, e a outra... Bem, deixa isso pra lá! Eu não roubei a árvore, tá?

– Tá! – replicou Gigi, puxando a caderneta de anotações. De repente, brecou e bruscamente encarou Avriel: – Papai! Você viu a árvore, não viu? Montada! No *hall*! Confessa, você viu a árvore!

UM CERTO AERO WILLYS

– VOCÊ SABE QUE, quanto mais a gente demorar a resolver o mistério, mais as pistas esfriam – disse Gigi, na manhã do dia seguinte ao roubo, quando as garotas subiam pelo elevador decididas a conversar com seu Miguelito.

– Isso tá em tudo que é filme, Gioconda, mas não podemos fazer nada. Temos de continuar, como der... Aquele Mateus se acha um irado sem igual nas manobras de *bike*, né? Já viu a página dele no *Facebook*? Ele se anuncia o tempo todo! O bobão vive fazendo propaganda dele mesmo!

Vivi brecou. Então, engoliu em seco e deu de cara com o olhar penetrante da sócia. Se não a conhecesse, juraria que aquela ruguinha nos cantos dos lábios de Gigi era um sorrisinho debochado...

– Eu... passei rapidinho pela página dele, tá? – disse Vivi. – E só aceitei ele como amigo porque pensei... que fosse outra pessoa!

– Tá... Mas por que ele entrou de repente nesta conversa, Virgínia Lupínia?

– Ora...!

– Ora...?

– Estamos indo interrogar o pai dele, não estamos?

Gigi não respondeu, e Vivi teve receio de que a sócia puxasse do bolso sua caderneta para fazer alguma anotação sobre o que tinham acabado de conversar... Sobre o *bobão do Mateus* e suas suspeitas... Mas Gigi somente cravou um olhar na amiga e não disse mais nada até chegarem ao 601. Foi o filho do seu Miguelito, Mateus Miguel Jr., quem abriu a porta do apartamento. Ao ver Vivi parada ali, abriu um sorriso do tamanho de uma boca de túnel.

– Ah, você! Até que enfim veio me chamar para a gente dar uma volta! Cineminha? Passadinha no *shopping*? Cachorro-quente ali no *food truck* da praça?

Quanto a Gigi, ignorou-a.

– A gente veio falar com seu pai – disse Vivi.

– Por quê? – espantou-se MMJr. – Ele não vai querer falar com vocês. Ainda mais sabendo que estão xeretando tudo no prédio por causa da história da árvore. Além disso, ele está de mau humor hoje...

– Por quê...? – Mal Vivi fez a pergunta, uma cutucada furou as suas costas e a garota entendeu que sua sócia, disfarçadamente, lhe dava uma bronca: "O que tem isso a ver com o caso? Deixa de ser metida!".

Já MMJr. adorou a brecha. Deu uma espiada para dentro para se certificar de que o pai não estava chegando às suas costas e, inclinando-se para a orelha de Vivi, sussurrou:

– Sabe a mania do meu pai, né? Aquele carro velho!

– Aquele que nem anda? Por que ele...?

– Vai perguntar por que ele não vende aquela porcaria para o ferro-velho? Sei lá! Mas sei que tem noites, quando ele não consegue dormir, que desce na garagem, entra no carro e dá partida. Fica lá dentro, sentado, só escutando o motor. De olhos fechados. Imagina só a cena!

Alguma coisa que Gigi escutou a interessou, e a garota se curvou para Mateus e Vivi:

– E o motor funciona?

– Funciona! – respondeu o garoto, sem olhar para Gigi. – Quer dizer, mais ou menos. Alguma coisa se remexe lá dentro. Fica fazendo uns barulhos esquisitos. Deve estar tudo enferrujado debaixo daquele capô. Mas depois de uns dez minutos ali, meu pai consegue voltar pra cama e dormir. Muito doido, né? E ele ouviu que vão correr mais um abaixo-assinado para o calhambeque ser retirado da garagem. Ele entrou em casa esbravejando, acusando a síndica de estar por trás disso. Agora, parece um ogro com azia, lá no quarto dele, assistindo ao noticiário. E olha que as notícias dão mais mau humor ainda nele...

– Sei... – disse Vivi, aproveitando que MMJr. parou para tomar fôlego. A garota já estava com outra ideia na cabeça.

– Vão mesmo querer que eu chame o meu pai?

– Não precisa! – disse Gigi. – Pra que atrapalhar o mau humor dele, né? Fica pra outro dia.

– Ele vive de mau humor – replicou Mateus, e algo no rosto dele disse a Vivi que era uma coisa que chateava o garoto. Ainda mais quando ele completou: – Principalmente comigo!

Mas, no segundo seguinte, seu rosto mudou de expressão e voltou ao ataque em cima de Vivi:

– E aí, o que vai ser?

– Como assim?

– Já disse... Cinema? *Hot dog*? *Shopping*? Ou...

– Ou nada, Mateus! Estamos muito ocupadas.

– Sei... Bem, então... Posso *investigar* com vocês? Quem sabe descubro uma pista legal! Uma que vocês nunca iam enxergar? Olha que eu sou fera em... em... quase tudo!

– Tchau, menino! – despachou Vivi.

Dois minutos depois, as duas entravam no elevador. Na hora de apertar o botão do andar, trocaram um olhar:

– Garagem? – disse Gigi, mas com voz de quem preferia mesmo era encerrar o dia.

– Garagem! – confirmou Vivi. – Mas, antes, a gente precisa bater um papo.

– Por quê? – sobressaltou-se Gigi.

– Garota, você não me engana. Tem alguma coisa preocupando você, não tem? Vai me contar quando?

HOT DOG DA MADRUGADA

– VOCÊ SABE QUE pode não ser nada, Gioconda. Seu pai pode mesmo ter sentido fome de cachorro-quente no meio da madrugada, daí parou a pintura e desceu. O *food truck* da praça fica aberto 24 horas!

– Fome de *cachorro-quente*? Nada que tinha na geladeira servia?

Estavam sentadas numa plataforma entre os lances de escada do 3º e do 4º andar.

– Depende do que ele estava pintando, né? Seu pai às vezes faz uns quadros meio... com coisa que se come, não faz?

– Principalmente com coisas que *não* se comem. Ele adora cenas nojentas!

– Tá, mas às vezes tenho fome de sopa de cebola! Você sabe...

– E eu de *sundae*! – disse Gigi. – E daí? Que coincidência, né? E ele viu a árvore. Detestou. Achou horrorosa. E se achou tão horrorosa que resolveu acabar com ela?

– Pra ter sido decorada pela dona Ydônea, devia ser feia mesmo. Como ele saiu do prédio?

– Disse que foi pela portaria mesmo. O Julinho estava cochilando e nem viu direito. Pode até ter pensado que era um sonho. Na volta, a mesma coisa. Ele não chamou o Julinho pelo interfone, usou sua cópia da chave do portão, entrou, passou pelo *hall* dos elevadores... disse que nem reparou se a árvore continuava ali ou não... Daí, voltou pra casa. Ficou pintando até de manhã, na sala, como sempre. O que me dana é que ele não disse nada a ninguém sobre ter visto a árvore. Não achou importante... Esqueceu isso também! É o que ele diz!

– Gigi! O que no mundo seu pai acha importante?

– Tá, mas ele virou suspeito – disse Gigi, decidida.

– Só o que a gente fez até agora foi arrumar mais e mais suspeitos.

– É assim mesmo. Depois, tem de passar tudo na peneira! E você com seu pai?

O rosto de Vivi entristeceu-se de repente.

– Acho que não quero falar nisso agora, Gioconda. Não vou conseguir...

– Tá – entendeu a amiga.

– Ele não é suspeito, certo?

– Certo – concordou a mais nova.

– Garagem? – sugeriu Vivi.

E Gigi já ia se levantando quando escutaram uma porta bater (o trinco não foi fechado com a chave, a porta foi batida mesmo, e com raiva), e logo a seguir uma voz alta ressoou dois andares acima delas, tão raivosa que não se incomodava de gritar nem que o prédio inteiro estivesse escutando:

– Dona Ydônea... – reconheceu Gigi.

– Deve estar no celular... – sussurrou Vivi. – Mas com quem será que está brigando? Está falando...

– ... De enfeites de Natal! – disse Gigi. – Psssssiu! A gente precisa escutar o que ela está dizendo!

JOSÉ MESSIAS, O SEU BETRUCO

DONA YDÔNEA SAIU chispando do elevador, no térreo, atravessou o *hall*, a portaria e parou diante de seu Betruco, que estava encaixado na cadeira por trás do balcão – ele e sua dor de coluna.

– Seu Betruco! – rosnou ela.

– Dona Ydônea! – respondeu ele, quase no mesmo tom.

Por alguns segundos, os dois se encararam como se fossem caubóis prontos para sacar os revólveres num duelo. A síndica não era exatamente conhecida pelas suas boas maneiras no trato dos funcionários. Mas a verdade é que o zelador não se sentia nem um pouco intimidado por ela e estava amargurado demais para dar muita bola, por causa da sua crônica dor nas costas, hoje ainda mais forte, descendo para as pernas, subindo para a nuca, irradiando--se para os braços. Até os cotovelos lhe doíam.

– Devia começar a considerar a possibilidade de se aposentar logo, senhor Betruco – disse a síndica,

observando a contração no rosto do zelador, do pouco que ele se mexeu na cadeira, para falar com ela.
– Sei que está tentando completar tempo de serviço, mas, nessas condições...
– Cumpro minhas obrigações, dona Ydônea!
– Com algumas falhas... que têm se tornado cada vez mais frequentes nas últimas semanas. Bem... Estou esperando uma entrega para daqui a pouco – disse a síndica. – Quando chegar, peça ao Julinho para ficar aqui na portaria e leve lá para meu apartamento.
– Coisa pesada? – perguntou o zelador.
Dona Ydônea quase pôs fogo pelas narinas ao responder.
– C-c-como?
– Se for pesado, por favor... Peça ao Julinho para levar! Minhas costas...! Aproveite que ele está chegando! – disse, apontando para a porta de passagem da área de serviço para a portaria, às costas de dona Ydônea. Mas, subitamente, o zelador calou-se, erguendo uma sobrancelha, e recolheu a mão. Dona Ydônea voltou-se, mas já deu com a porta fechada de novo. – Opa! Acho que me enganei! Achei que fosse ele entrando.
Dona Ydônea cravou um olhar gelado em seu Betruco. Estava pálida, preparando um escândalo, seria até capaz de demitir o zelador ali mesmo, sem pensar duas vezes... quando o celular em sua mão tocou:

– Alô! Sim, Ydônea Tectônia, síndica do Condomínio Rocinante. Sim, sou eu. Quem?... Como?... Vocês de novo? Onde está a árvore de Natal que eu encomendei? Já era pra ter chegado. Sim, completa, com todos os enfeites. A entrega está atrasada. Vocês prometeram para... Claro que é igual à anterior... Não é da sua conta por que quero outra, ora! Que atrevimento! Cadê a árvore? Estou esperando e... Hein? Hein? Hein? Como não? Não, não quero uma de 98 centímetros. Menor, não. Não! Quero uma do modelo exatamente igual. Hein? Hein?... Como assim, esgotado? Não tem mais... Mas por que não me avisaram? Eu fiz a compra, vocês venderam, transferi o pagamento, e agora dizem que está esgotado! E daí se tem muita gente comprando? Eu quero a minha! Eu sei que é Natal, seu... Por que acha que encomendei uma árvore de Natal? Hein? Hein? Hein?

Parecendo ter se esquecido do zelador, dona Ydônea deu-lhe as costas e voltou ao *hall* dos elevadores, subindo a voz a cada "Hein?". Logo estava berrando. Já entrara no elevador, quando o interfone tocou na mesa da portaria.

– Alô, Julinho, sou eu! – disse, colocando o fone no ouvido. – Ela já foi, sim. Já... Mas não adianta ficar fugindo. Tá achando que ela vai olhar pra você e descobrir tudo? Agora, encara, garoto! Uma hora, você vai ter de contar. Não, nada disso. Eu, não. Não me mete nos seus rolos! Tchau!

Dona Ydônea chegou ao seu andar bufando. Com passos pesados, atravessou o corredor, mas, ao tocar na porta, ela se abriu. A síndica hesitou um segundo, dois...

– Droga de trinco! – resmungou. – Nem batendo com força está fechando! Vou chamar o chaveiro hoje mesmo!

Daí entrou, acendeu a luz e ficou na saleta alguns instantes olhando, conferindo tudo em volta. Morava sozinha. Como estava esperando a tal encomenda que não chegara, chamara o passeador de cães para pegar seus *minipoodles* para a volta matinal na rua. E fez isso reclamando consigo mesma: "Esse condomínio exige tanto de mim, que vou acabar tendo de dar meus cachorros. Para o bem deles!...". Então, na ausência dos mascotes, nada poderia estar fora do lugar naquela sala, não é? E, naquela sala, era fácil verificar, um relance bastava. No entanto, tinha a sensação de algo remexido... Ou tocado. Como se houvesse uma presença invisível rondando o apartamento... ou que tivesse estado ali há pouco ou... "Ydônea, não vai dar uma de louca agora, vai? Olha que a eleição está próxima!"... Então, de novo, o toque do celular. Dessa vez assustou-se, o que a fez entrar de vez no apartamento. Ela bateu a porta atrás de si, com mais força do que da primeira vez. Já atendeu dizendo desaforos à atendente da loja.

NA GARAGEM

O CORAÇÃO DAS duas garotas ainda batia acelerado. A respiração vinha meio em golfadas.

– Se pegarem a gente – disse Vivi –, vai estar na cara que ninguém aqui está fazendo coisa boa!

– A conclusão lógica é que não podemos ser vistas, Virgínia Lupínia.

Bem rapidinho, as duas foram para onde estava estacionado o Aero Willys de seu Miguelito. Gigi parou a dois passos dele, com uma mão no queixo, em profunda reflexão. Já Vivi ficou passeando em volta do carro, ou melhor, não exatamente em volta porque estava tão junto da parede que não dava para passar.

– É aí que fica o poço do elevador, não é? – quis conferir Gigi.

– Do mal-assombrado? O social? É, sim...

– Hum-hum... – murmurou Gigi.

– Acho que todo morador com carro tem de deixar uma cópia da chave aqui na garagem – disse Vivi.

– Então, deve ter um armário de chaves por aí – reforçou Gigi.

– Acha que a gente pode mesmo fazer isso?... Abrir o carro dos outros?

– Ora, Virgínia Lupínia, a gente acaba de invadir o apartamento da síndica. Então, para deixar a investigação igual para todo mundo, agora invade o carro do chefe da oposição.

– Tem lógica, Gioconda! – E a garota engoliu em seco, pensando no que o apartamento da síndica revelara... – Mas não descobrimos nada por lá. Quero dizer, nada em relação ao caso.

– Descobrimos que a árvore não está lá... – Gigi também preferia não encompridar aquele papo. Sentira algo angustiante no apartamento de dona Ydônea, mas ainda não estava pronta para falar no assunto. Era pouco provável que ela tivesse roubado a própria árvore... e ainda por cima que levasse para seu apartamento.

– Agora... Você vai querer me enganar que não está curiosa sobre esse carro, Virgínia Lupínia?

– Certo, tudo pela aventura, Gioconda! Uauu! – exclamou a garota, admirada, medindo com seus passos o tamanho do Aero Willys. – É enorme mesmo. Quando for colocar combustível, um posto só não chega pra ele. Não é à toa que está aposentado. Deve ter mais espaço na mala dele do que em todos os armários lá de casa.

– Vamos logo, Virgínia! Depois você baba o carro do pai do Mateus.

– O que esse menino tem a ver com a conversa, Gioconda? Olha...! Não começa!

Não foi difícil encontrar o armário das chaves. Mas, quando já ia abrindo a porta, Vivi brecou:

– Ei, o Julinho não devia estar aqui na garagem agora?

– Não tenho certeza do horário de serviço dele – respondeu Gigi.

– É sim, a não ser nas folgas. Será que é a folga dele hoje?

– Bom, vamos andar rápido, Virgínia Lupínia! Eu não quero que ele apareça e dê um flagrante na gente! Mas qual é a chave? Não pode ser essa no gancho do 601!

– Não, essa é de modelo novo... – disse Gigi examinando-a. – Deve ser a do carro que seu Miguelito usa.

– Ele aluga a vaga, não é? Então...

A chave do Aero Willys estava pendurada no gancho correspondente ao apartamento 202. Não foi tão difícil assim identificá-la. Era diferente, antiga. Um minuto depois as duas sherlockas estavam dentro do carro.

– Nossa! Deve ter sido um carrão e tanto mesmo. Agora, nem museu aceita sem uma boa reforma. Puxa, Gioconda, por que será...?

– Que o seu Miguelito é tão ligado nesse carro? Bem, só ele ia poder responder... Agora, estamos atrás de outra coisa... Vamos olhar o banco de trás!

As meninas passaram por cima dos assentos e foram para trás. Rapidamente revistaram o carro inteiro.

– Nada aqui dentro, Gioconda! – lamentou Vivi, ela e a sócia já escorregando de volta para os assentos da frente. – Tudo velho, mas limpo. Não deixam lixo acumulando aqui. E nem poeira. Alguém tem um bocado de trabalho cuidando desse carro. Nem sei o que a gente queria encontrar...

– Pistas! Apareceu na investigação, a gente confere! Mas... Lembra o seu garotão, o Mateus...?

– Gioconda Einstein-Rose!

– Desculpe, o Mateus... Só Mateus, então!

– Já sei o que você vai dizer. Que ele desce de vez em quando, escondido, atrás do pai, e fica vendo ele aqui, dentro desse carro. Essa foi mole!

– Reparou bem, Virgínia Lupínia.

– Se não, como ia saber que o seu Miguelito fica aqui dentro "de olhos fechados"?

– Deve rolar uma coisa muito esquisita entre aqueles dois.

– Tem sempre coisa esquisita entre pais e filhos, Gioconda – disse Vivi, com uma ponta de tristeza. – É da natureza.

Gigi soltou um suspiro curto. As duas desliza-ram de volta para os assentos da frente.

– Um último teste! – disse Gigi, enfiando a chave na ignição.

– Ficou doida, Gioconda?

– O carro não vai sair do lugar. E tô com um palpite...

– Palpite é mais minha especialidade, Gioconda. Você é a espertinha das deduções, lembra? Cada uma no seu papel!

– SHHHH! Ouve...!

O motor deu partida. Não foi um ronco, como um motor forte e saudável daria. Mas um arrastar de pontas e beiradas dentro do capô.

– Gozado! – exclamou Vivi. – Tá fazendo... *croct-croct!*

– Faz, sim, Virgínia Lupínia. O que isso lembra...?

Vivi soltou um gritinho de comemoração. Gioconda, mais contida, franziu os lábios, num meio sorriso. E as duas se viraram uma para a outra, batendo as palmas da mão direita no alto, num cumprimento mútuo que significava: *mistério decifrado.*

A MEADA SEM FIO

AS SHERLOCKAS DEVOLVERAM as chaves do carro de seu Miguelito ao armário e saíram da garagem o mais rápido que puderam.

— Nos filmes e nos livros — disse Gigi —, tem caso que é assim: superenroscado, mas, quando a gente acha o fio da meada e puxa, ...

— ... todos os nós começam a se desfazer. Será que a gente encontrou esse tal fio da meada, Gioconda?

— Pra ter certeza, só puxando. Daí, a gente vê o que acontece.

— Certo! Mas tem dois envolvidos que a gente não interrogou ainda. Um deles é o seu Betruco...

— Ele está na portaria agora, Virgínia Lupínia. Vamos aproveitar. E o outro ...

— A outra! Você sabe! Ai, que aflição! Essa vai ser difícil. Como vamos perguntar a dona Ydônea se ela roubou a própria árvore?

No entanto, como acontece em muitos mistérios, há reviravoltas e surpresas, muita coisa muda. Para começar, a dor na coluna de seu Betruco havia piorado tanto que ele pediu para largar a portaria e foi direto para o pronto-socorro, tentar ser atendido. Quem ficara no balcão, agora, era de novo o Julinho – por isso o rapaz não estava na garagem. Assim que foram falar com ele, começou a se lamentar para as garotas...

– Eu já tava pregado, da virada de ontem, mas não dá pro Betruco. Ele não deixa! E o velho tava mesmo mal, vocês precisavam ver. Só que tô desconfiado que o Pospácio vai dar bolo hoje à noite também. Quando dona Ydônea telefonou para ele pedindo que cobrisse o horário do Betruco amanhã, emendando direto, o cara ficou uma fera. Tiveram uma briga danada. Acho até que ela demitiu ele pelo telefone. Ela vive demitindo a gente, pra amedrontar, depois finge que não aconteceu. É fogo! Daí, fiquei eu sozinho de funcionário no prédio e, na certa, a síndica vai me segurar até amanhã aqui. Como eu vou lavar os meus carros? Ai...! Esse prédio tinha de ter mais um funcionário. Todo mundo sabe disso. Não aguento mais! Queria que resolvessem de uma vez!

– Do que você está falando, Julinho? – perguntou, marcando em cima, Gigi.

– Nada! – apressou-se a se corrigir Julinho. E tentou se ajeitar na cadeira, mas baixou os olhos para não encarar Gigi ao dizer: – Ora, tô falando dessa situação toda.

– Sei... E por que você *não consegue negar nada ao seu Betruco?*

– Mas, que coisa, eu... eu gosto muito dele, é isso! Verdade! Não tô escondendo nada!

– É mesmo, Julinho? Mas quem tá dizendo isso é você – apertou Gigi.

– Ajuda a gente a entender, Julinho. Vai, fala... – tentou Vivi, no tom mais gentil de que era capaz. – O seu Betruco sabe o que é essa coisa que você não quer contar, não sabe?

– Claro que... não! Ele... Mas...! Mas...!

Daí, o rapaz fechou-se, não disse mais nada, alegou que precisava colocar a correspondência nas caixas dos moradores e escapuliu.

– Quando a gente joga *a detetive boazinha alivia x a malvadinha morde* – disse Vivi, rindo –, dá sempre certo.

– Técnica de interrogatório em tudo que é livro e filme. O suspeito fica perdidinho.

– Uma hora, ele vai contar tudo! E vai ser logo.

– Então? Vamos perturbar dona Ydônea?

– E se a gente tomasse fôlego e deixasse isso pra amanhã, hein?

– Mas não é pra gente começar a puxar mais forte o fio da meada, Virgínia Lupínia?

– Faço um *sundae* caprichado pra você lá em casa.

– Pistache com mirtilo?

– É claro!

– Então, dona Ydônea e o fio da meada vão esperar! *Sundae* antes de tudo!

E foi bem cedo na manhã seguinte, com Julinho tendo cochilado direto, durante a madrugada inteira no balcão da portaria, que a árvore de Natal reapareceu no lugar de onde havia sido roubada, no *hall* dos elevadores. Era mais uma enroladinha na meada, ou, como sempre acontece nos filmes e livros policiais – assim entenderia Gigi –, uma versão esquisita do *segundo crime*, aquele perpetrado para acobertar o primeiro, enroscando ainda mais o fio da história.

SEGREDOS DE DONA YDÔNEA

GIGI E VIVI NÃO haviam planejado a invasão ao apartamento de dona Ydônea. Aconteceu totalmente por acaso. Estavam lá, trocando ideias sobre o caso no lugar de sempre, entre o 3º e o 4º andar, quando escutaram a batida exageradamente forte de uma porta e, logo a seguir, a voz da síndica falando ao celular. E justamente da falha na entrega da árvore de Natal substituta. Daí perceberam que dona Ydônea havia descido pelo elevador social e foram até a entrada do apartamento dela. Só então entenderam por que a síndica batera a porta com tanta força.

– O trinco está quebrado – disse Vivi. – A porta ficou... *aberta*! Ela tava com tanta pressa... ou tanta raiva... que nem percebeu.

Que chance! O apartamento da síndica, todo oferecido! As garotas sabiam que teriam pelo menos alguns minutos antes que ela retornasse – ou talvez mais, se a síndica ficasse fora por alguma razão. Mas cadê a coragem?

– Os detetives dos filmes não iam perder uma *deixa* dessas... – disse Gigi.

– E se a gente for pega? E os *minipoodles* dela? – indagou Vivi, apurando os ouvidos.

– E daí, se estiverem aí dentro, Virgínia Lupínia? Tá com medo de uma mordida deles? Nem sei se eles têm dentes...

– Não estou preocupada com mordidas, mas com os latidos deles.

As duas trocaram olhares por instantes, cheias de dúvida, mas, sem dizer mais nada, decidiram-se praticamente juntas e empurraram a porta ao mesmo tempo.

– Rapidinho, então! – disse Vivi, entrando.

– Como quem rouba! – reforçou a outra.

– Não é hora para dizer uma coisa dessas, Gioconda. Não vamos roubar nada. Só olhar. E acho que nem isso a gente devia fazer. Mas...

Mas, quando viram, já estavam dentro. E nada de *minipoodles* dando alarme, histéricos.

– Uau! – disse Gigi, espiando à sua volta.

– O que você esperava? Chapéu de bruxa? Vassoura?

– Qualquer *outra* coisa!

De fato, apesar dos muitos anos com dona Ydônea de síndica, não se lembravam de ninguém jamais ter sido convidado a visitar a casa dela. Pelo menos, ninguém que retornara para contar como era...

E o que era... parecia estranho... ou não parecia coisa nenhuma? As garotas não conseguiam se decidir.

Na sala, a não ser por um sofá de três lugares, estofamento emborrachado bege, encostado numa parede, havia somente uma mesa de trabalho, no centro e, em cima dela, computador, impressora, escâner, coisas de escritório. As paredes e o teto eram pintados de *areia*, bem clarinho. O assoalho era de placas imitando madeira, num tom médio. Não havia plantas nem enfeites, nem quadros na parede. Tinha duas almofadas grandes, no chão, que as garotas deduziram logo que eram os tronos de Jandira e Waldemar, os *minipoodles*, e já dera para perceber que não estavam em casa. Não havia retratos sobre a mesa.

Rapidamente, correram a casa. Na cozinha, na geladeira, poucas verduras e frutas. No congelador, polpa para sucos e para sopas. Um fogão pequeno, um liquidificador. Um armário pequeno com um copo pequeno (para água), uma caneca (para chá, supôs Gigi), um prato de sobremesa, talheres para uma pessoa, prato de sopa e de refeição. Havia uns poucos apetrechos pendurados.

– Será que ela só se alimenta de vitaminas?

– E de sopas, Gioconda... Vitaminas e sopas. Tem também a ração vegetariana dos cachorros, mas isso acho que ela não come. Será que ela perguntou aos bichos se eles gostam do mesmo tipo de comida que ela?

O banheiro do corredor demonstrava não ser usado. Havia outro banheiro, na suíte, somente com o essencial. Nesse quarto, uma cama tamanho *queen* e armário de roupas. Um espelho pequeno, desses que só dá para checar se o cabelo está penteado, na parede. Uma pequena cômoda com gavetas. Noutro quarto, havia uma poltrona e uma tevê de plasma pregada na parede. E, no último, uma montoeira de caixas com material do condomínio – fora transformado em depósito. Havia também quarto e banheiro de empregada – sem uso. Totalmente vazios.

– Ela nem deve sujar a casa... – murmurou Vivi.

E logo as meninas estavam fora do apartamento. Um tanto por conta do medo de serem pegas, outro pela sensação opressiva que as tomara. Mal conseguiam se olhar, quanto mais falar. E sabiam, até intuitivamente, que não fora exatamente causado pelo que haviam visto, mas pelo que *não existia* no apartamento.

– Ela não *mora* ali, não é, Virgínia Lupínia?

– Acho que é... mais ou menos isso, Gioconda.

– Pelo menos, ela tem a Jandira e o Waldemar.

– É... mas você viu algum brinquedo de cachorro por lá?

– Ué! Não...

– Nem eu. Aposto que ela só alimenta os *minipoodles*, leva pra passear, ou paga alguém pra levar, pra dar banho neles. Mais nada. Puxa, Gioconda! Nunca pensei...

– Nem eu...

– Que solidão fosse tudo isso! – concluiu Vivi.

– Tá vendo por que ela se agarra tanto a esse lance de ser síndica? – concluiu Gigi. E tava aí um mistério que não a deixou tão contente assim por ter decifrado.

RETOMANDO O FIO E A MEADA...

A ÁRVORE DE NATAL VOLTARA. Mas um bocado desfolhada. A ponta estava torta. A estrela de cima e vários enfeites ou haviam se soltado ou só restara deles um caco ou outro, ainda pendurado nos galhos. Os cordões de iluminação não funcionavam mais.

Dona Ydônea esbravejava no *hall* dos elevadores, ameaçando *todos os seus inimigos* de processos, denúncias, perseguições. Ao lado dela, o pálido Julinho já adivinhava que ia levar a culpa de tudo. Afinal, fora ele que encontrara a árvore, cedo, de manhã, quando o zelador Betruco – à custa de muitos analgésicos para controlar a dor de coluna – veio rendê-lo na portaria. Julinho então viera cuidar da faxina do *hall*, que não tivera tempo de fazer no dia anterior, e encontrara a árvore de Natal. Ou o que sobrara dela.

Alguns condôminos já chegavam. Um ou outro adiantava-se para a síndica dando-lhe condolências – e ela prometia que consertaria a árvore, que não ia faltar árvore de Natal no Natal do condomínio... que não deixaria de realizar a festa de confraternização...!

– Não por causa de uns moleques! De uns...!

E, acintosamente, espiava de esguelha para o canto de onde seu Miguelito e seu Costado a observavam.

– Está nos acusando, dona Ydônea? – inquiriu, já bravo, seu Costado.

– Costado, calma! – murmurou Miguelito, com um sorriso dissimulado nos lábios.

– Se a carapuça serviu...! – disparou dona Ydônea. – Quem roubou a nossa árvore queria somente destruí-la e prejudicar nosso Natal. Isso ficou bem provado.

Vivi e Gigi haviam chegado a tempo de escutar o diálogo todo. Encolheram-se, então, mudas, numa camuflagem ideal para escutar e ver sem serem vistas nem ouvidas, uma das especialidades das sherlockas.

– Sabemos de tudo o que está acontecendo aqui, dona Ydônea! – rosnou Costado.

– Do que você está falando, seu infeliz?

– Como? Ainda me ofende? Ora... A senhora tentou comprar uma árvore nova para substituir a que foi roubada anteontem. Daí, sabemos que não conseguiu, que o produto estava esgotado. Então, por coincidência, a árvore antiga reaparece. Tudo muito suspeito, não acha?

– Costado... – tentou outra vez Miguelito.

– Daí, vocês, da oposição, estão me acusando de ter roubado a árvore? E de a ter devolvido? Ficaram doidos!

– Claro! – replicou seu Costado. – Para ficar bem na foto! A pobre síndica sabotada!

– Sabotagem! – rugiu dona Ydônea. – Agora você falou a palavra certa!

– Se esse seu funcionário – disse Costado apontando para Julinho – não passasse mais tempo dormindo do que acordado, quando fica de vigia noturno, a gente saberia muito bem que mistério é esse de ida e volta da árvore de Natal. Aliás... Muito conveniente seu funcionário não saber nos dizer o que aconteceu aqui!

Julinho encostou-se na parede, acuado. Dona Ydônea lhe lançou um olhar de ódio fuzilante.

– L-licença, do-dona Ydônea! Eu... eu... tenho que lavar uns carros na garagem. Licença!

Costado quase espumava. Até seu Miguelito tinha desistido de contê-lo e havia se afastado dois passos dele.

– Onde a senhora tinha escondido essa árvore, dona Ydônea? – gritou Costado, dedo apontado para a síndica. – Grande golpe fazer ela aparecer de volta, de repente!

A síndica não respondeu ao funcionário. Voltou-se, soltando fogo pelo nariz, olhos, ouvidos e boca, para seu Miguelito e seu Costado, e berrou:

– Como é que é?... Vocês são uns surtados! Uns vândalos! Vão pagar por tudo o que fizeram, entenderam? Vou processar todos vocês! Agora eu quero o sangue de vocês! Vou... vou...!

Daí o bate-boca viralizou entre todos os condôminos. Era difícil saber quem estava berrando com quem, quem acusava quem e do quê.

– Sabe, Gioconda! – murmurou Vivi. – Nem a gente ia conseguir fazer um interrogatório melhor na dona Ydônea!

– Concordo – disse Gigi, de olho em Julinho, que aproveitava ter sido esquecido para escapulir. – E eu aposto que o Julinho não está indo direto para a garagem!

– Vamos na cola... Mas sem ele perceber, certo?

Não precisaram ir muito longe. Julinho estava onde as duas suspeitavam que estivesse, depois de sofrer aquele aperto todo – desabafando com seu Betruco.

Mãos no rosto, balançando a cabeça, voz chorosa, o rapaz dizia ao zelador:

– Vou ter de contar, seu Betruco. Não dá mais! Não aguento mais!

– Eu avisei que não ia ter jeito, garoto!

ESFRIOU!

– ACHO QUE A GENTE vai querer participar desse papo! – disparou Vivi chegando junto do balcão, com Gigi nos calcanhares dela.

– Ferrou! – exclamou Julinho, empalidecendo. Seu Betruco fechou a cara.

– Vocês dois estão escondendo alguma coisa desde o início – disse Vivi. – Tá na hora de dizerem o que é, antes que os moradores comecem a se matar.

– Mas não tem nada a ver com o sumiço da árvore! – disse o zelador Betruco.

– Tem certeza? – cobrou Gigi.

– Julinho! – rosnou Betruco, olhando para o rapaz, impaciente.

E Julinho, por sua vez, lançou um olhar comprido para a porta que dava para a parte de serviço do prédio.

– Nem pense em escapar – disse Vivi.

O rapaz baixou a cabeça, rendendo-se...

– Tá bem... eu vou contar...

– Acho bom! – disse Gigi, puxando sua caderneta de anotações.

– Eu... tô com um emprego novo. Tudo acertado. Só precisava que a dona Ydônea me demitisse.

– Hein? Isso é o segredo? – disse Vivi.

– Ela não pode saber do emprego novo, entende? Se não, vai querer que *eu* me demita, daí eu perco um bocado de coisa... Dinheiro. Eu sei que a síndica não gosta de mim. Tá cheia de reclamações do meu trabalho. E eu não aguento mais a exploração nesse prédio.

– A gente precisava de mais um empregado! – disse seu Betruco. – Para cobrir as folgas, revezar na portaria e na garagem. E até para ajudar na faxina. Do jeito que tá, é uma loucura pra gente. O Julinho me pede conselhos. Eu disse a ele que, se está com outro emprego, é melhor ir logo, ou a vaga de lá é preenchida por outro, e a daqui não fica com ele.

– É isso que vocês estão escondendo? Só isso?

– Como só...? – gaguejou Julinho. – É muito importante para mim.

– Claro que é, eu entendo... – disse Vivi.

– Dou minha palavra que essa é a história toda – disse seu Betruco, sério. E não havia como duvidar da sinceridade do zelador.

– Quer dizer... – falou Gigi, numa última tentativa – que vocês não sabem nada sobre o roubo da árvore de Natal? Jura que não viu nada acontecendo naquela noite? Nem nesta madrugada, quando devolveram a árvore?

– J-juro – disse Julinho, tremendo.

– Agora, vê se toma jeito e fala logo com a síndica – resmungou Betruco. – Tô cheio dessa história de ficar te dando cobertura. Coragem, garoto!

– Tem... tem razão, seu Betruco – disse Julinho empalidecendo e gaguejando mais ainda. – Vou... dizer a ela que só fico no emprego até o final do mês. Mas, por causa disso, ela vai me tirar o couro nos plantões de Natal e de réveillon. O senhor vai ver!

– Ela ia fazer isso de qualquer maneira, garoto. Pelo menos, você para de ter dor de barriga toda vez que dona Ydônea chega perto, com medo de ela adivinhar tudo... Ora, imagine!... Só de olhar para você? Pode? Só se ela fosse mesmo uma bruxa!

– Tem certeza, Julinho... – caiu em cima Gigi – que você não deu sumiço na árvore para uma hora a dona Ydônea ficar desconfiada e despedir você?

O rapaz empalideceu, mas não conseguiu dizer nem uma palavra. Foi seu Betruco quem falou:

– Ia ser a maior burrice se tivesse feito isso, garoto. Roubo dá justa causa, e nada de dinheiro.

– Mas só se a síndica tivesse provas. Se desconfiasse sem poder provar, ia demitir do jeito normal, não ia?

Julinho engasgou. Gaguejou uma negativa qualquer, muito nervoso, depois ficou parado ali, sem ação e sem dizer mais nada.

Vivi ficou encarando o rapaz. Ainda sentia qualquer coisa estranha ali, mas, com seu Betruco de avalista da história dele, era fim de papo.

Meia hora depois, estavam as duas, com ar de derrotadas, sentadas na plataforma entre o 3º e o 4º andar.

– Gioconda! – disse, pensativa, Vivi. – Aquela história de o Julinho ser nosso culpado... Você acha mesmo?

– Afastando hipóteses! – replicou a garota.

– E afastou?

– Sei lá. Nada convencida!

– Pois é. Nem eu. Mas eu sei que a gente estava chegando perto. Eu sinto isso! – reclamou Vivi.

– Chegar perto não adianta, Vivi – disse, com tristeza na voz, Gigi.

– Mas estava. Perto de encontrar a árvore. Perto do ladrão. Sei que a gente estava quase lá.

– Quase... – ia repetir Gigi, no mesmo tom anterior, mas Vivi a interrompeu.

– Não quero saber se *quase* também não adianta. Se a gente não estivesse bem, *beeem* perto, por que o ladrão teria devolvido a árvore? Só pode ter sido para eliminar a prova principal, antes de a gente pegar ele.

– Pode até ser, Virgínia Lupínia... – disse Gigi. – Mas a gente não sabe. Você *acha*, mas, do jeito que a gente está perdida agora, nunca vai descobrir nem mesmo se chegou perto ou não. O sujeito ou a sujeita pode nem estar ligando pra gente. Pode ter devolvido a árvore sem ter nada a ver com a nossa investigação, só porque... porque...

– Humpf! Não aceito isso! Não me conformo! – resmungou Vivi.

– Tá... mas a constatação dos fatos é a seguinte: o fio não desfez a meada. Não era o fio certo para a gente puxar!

– E nossa pista esfriou. Voltamos ao ponto de partida... Um bando de suspeitos e nem perto de desvendar o mistério... – E acrescentou, aborrecida: – Tá bem, chega, já entendi!

As duas bufaram ao mesmo tempo... Então, de repente, o rosto de Vivi se iluminou:

– Não é bem assim! Pelo menos um misteriozinho, dentro desse mistério todo, a gente desvendou...

– O elevador mal-assombrado! Sabe que tinha até esquecido? – disse Gigi.

– Mas, para certa pessoa, vai ser uma descoberta muito importante – comemorou Vivi.

AS PATROAS

— ATÉ QUANDO VOCÊ vai continuar virando a cara para sua filha, Yannis? – cobrou Sebastiana. – Nem parece que o adulto é você.

O fruteiro não respondeu. Sorveu o restinho de café de sua caneca – sempre a mesma caneca de louça amarela, ele fazia questão (com uma flor desengonçada que Vivi havia pintado, quando tinha três anos e meio, e lhe dera de presente de aniversário) – e fez menção de se levantar da mesa.

— Se você fugir desse papo, a coisa aqui entre nós vai ficar feia! – ameaçou a mulher.

Muito contra a vontade, Yannis arriou o corpo de volta na cadeira e ficou olhando com cara fechada para Sebastiana.

— Não vai dizer nada? – inquiriu a esposa.

— O quê?

— Até quando...?

— Escutei muito bem a sua pergunta, Sebastiana. Você é que parece que não escutou a acusação que a Vivi me fez. E só porque...

– Para com essa história de que alguém aqui tem vergonha de você carregar caixotes e vender frutas. Sua filha e eu temos orgulho de você. Do duro que você dá. Você é um tremendo guerreiro. Cismado, sem jeito, bobo... Mas guerreiro! E sabe que é isso que a gente acha. O resto é manha sua, Yannis. E o pior é que está fazendo a Vivi sofrer.

– *Eu* estou fazendo ela sofrer? E eu? Ela não me fez sofrer com aquelas perguntas?

– Todo mundo aqui está sofrendo, mas é por causa desse clima que *você*... Sim, Yannis Akilah... Um clima que *você* criou. A Vivi explicou... é uma questão de honestidade para ela. Você é o pai dela, mas, se ela e a Gigi estão querendo descobrir quem roubou a árvore de Natal, devem tratar todos os envolvidos do mesmo modo. Você devia se orgulhar por ela ter tido coragem de fazer aquelas perguntas.

– Quem ela pensa que é? E quem disse que eu estou envolvido nessa história? Só na cabeça dela.

– Mas ela tinha de perguntar, Yannis. E você vai chegar até ela, dizer que entende o que ela precisou fazer e acertar as coisas. Se não, nosso Natal vai ser... sombrio! Vai querer estragar nosso Natal por causa desse seu orgulho, Yannis?

O fruteiro resmungou qualquer coisa, depois se calou. Sebastiana Adams lhe deu alguns segundos, antes de insistir:

– Não entendi a sua resposta.

Yannis repetiu os resmungos.

– Ainda não entendi. Vai falar com ela ou não vai?

Dessa vez, o resmungo foi menos incompreensível, mas Sebastiana não ficou satisfeita:

– Baixo demais!

– Vou, sim, mulher! Vou falar com a Vivi esta noite.

– Ótimo.

– Satisfeita?

– Muito!

– Posso voltar pra minha venda, agora?

– Perfeitamente.

– Obrigado.

– Não suba tarde.

– Estamos próximos do Natal. Não posso fechar a loja com fregueses aparecendo.

– O jantar é às oito. Nós três. Você, eu e a Vivi.

– Certo.... – murmurou, rendendo-se num suspiro (ou talvez um grunhido). – Tchau.

Enquanto isso, no apartamento ao lado, Bisa Gioconda mal havia chegado e já partia para cima de Avriel.

– Quando é que você vai começar a levar seu papel de pai da Gioconda a sério, Avriel?

– Hein? Mas vovó... O que houve?

– Amália me contou tudo!

– Tudo...? – sobressaltou-se o pintor. – Mas tudo o quê?

Bisa Gioconda o havia acuado no canto da sala onde ele pintava. E, justamente agora, olhava com um misto de espanto e desagrado a tela em que ele vinha trabalhando, na qual estava retratada uma enorme bisteca, metade dela vermelha e suculenta, a outra metade, decomposta, vermes rechonchudos e brilhosos incluídos, em torções tão animadas, que mais pareciam estar dançando freneticamente numa boate. No entanto, não era sobre pintura que tinha de falar com seu neto.

– O que eu quero saber – rugiu Bisa Gioconda – é quando você vai levar sua condição de pai a sério. Pode até não fazer isso em relação ao resto, e achar que é um gênio, e isso bastar. Para você! Certo! Mas sua filha já tem dez anos, sabia? E, às vezes, parece mais velha do que você. Você a magoa e nem sabe que faz isso. Tem de parar com essa história de cismar que ela é estranha, que você não a entende e fica por isso mesmo. Ela não é... tão estranha. Um pouco, sim, mas não mais do que você! E não estou falando da sua carreira de pintor nem... do seu gosto para quadros, antes que você venha com essa sua chantagem emocional pra cima de mim. Que bom que você pinta! Enquanto a venda dos seus quadros pagar o condomínio, ótimo! Mas esse seu desligamento... me deixa furiosa, Avriel!

O pintor ficou zonzo, quase nocauteado diante da saraivada de Bisa Gioconda.

– Mas... do que você está falando, vovó, eu...? Tudo ao mesmo tempo assim... e... O que foi que eu fiz?

– Deixa que eu digo pra ele, dona Gioconda.

A voz firme de Amália fez ambos se voltarem ao mesmo tempo para a porta da sala. E lá estava ela, sorrindo, mas cheia de determinação, encarando os dois. Bisa Gioconda soergueu uma sobrancelha, intrigada.

– Minha filha, eu só quero ajudar...

– Sim, Bisa Gioconda! Eu sei! – respondeu Amália. – Mas acho que isso é uma conversa que *eu* tenho de ter com o Avriel. Conversa entre marido e mulher. E já devia ter feito isso há tempos.

Alguma coisa – de novo! – na voz de Amália fez Avriel sentir um frio na barriga. Já Bisa Gioconda abriu um sorriso, chegou junto da mulher de seu neto, abraçou-a sem uma palavra, e lhe pregou um molhadíssimo beijo na bochecha:

– Ele é todo seu! Sem dó nem piedade, garota!

– Pode deixar! – replicou Amália, sorrindo.

– Vó Gioconda! – suplicou Avriel. – Você já vai?

Bisa Gioconda não respondeu ao neto. Com passos fortes, deixou a sala. Feliz da vida. Pensou em sua filha Debra, naquele instante, e sussurrou para ela: "Missão cumprida, filha!".

– Enfim, sós! – sentenciou Amália, encarando Avriel.

O HOMEM DE VILA POSPÁCIO

— TÃO PENSANDO QUE eu tenho tempo para brincadeiras, suas chatinhas? – grunhiu o vigia Ardêncio Pospácio. – Que história é essa de entrarem no carro do seu Miguelito? Logo de quem!

– Um instantinho só, seu Pospácio! – gritou Gigi de dentro do carro, enquanto Vivi segurava o homem pelo braço, para não deixá-lo arrancar a outra sherlocka de dentro do Aero Willys.

– Vocês não podem fazer isso! Vou chamar a síndica!

Vivi fora pegá-lo no balcão da portaria dizendo:

– Vem correndo, seu Pospácio. Aconteceu uma coisa lá embaixo! O senhor precisa ver!

– Hein? Que é isso, menina? Vão me arranjar encrenca e a síndica vai me despedir de novo. Juro que, dessa vez, eu é que levo a sério! Onde é o incêndio?

– Incêndio... é isso mesmo. Fogo! Fogo! Vem logo!

– Mas o que vocês fizeram? E onde está a sua amiga...? Menina, peraí! Tô indo! Tô indo!

Pospácio chegou ofegante até onde Vivi o conduziu. Olhos arregalados, extintor de incêndio já na mão, o vigia olhava para todos as direções, ainda perguntando onde era o fogo.

– Não é fogo, não, seu Pospácio. Queremos que o senhor escute uma coisa...

Croct! Croct!

– Que história é essa? Alarme falso? Escutar o quê?

Croct! Croct!

E, de repente, ele brecou e apurou os ouvidos. Dentro do veículo ligado, Gigi apertou o acelerador. Não deu muito resultado. Só um pouquinho, mas o suficiente para o *croct-croct* soar mais forte.

– Minha nossa! – berrou o vigia.

– Tá reconhecendo esse barulho, seu Pospácio?

– É... – gaguejou o homem – ... a assombração do elevador, mas...

– Só que não é do elevador! – disse Vivi. – O barulho vem do motor enferrujado do carro. Seu Miguelito, quando tem insônia, desce tarde da noite, dá uma ligadinha e fica ali dentro, escutando. O carrão dele está tão colado na parede do poço do elevador que o senhor pensava que fosse de lá de dentro que vinha o barulho...

Croct! Croct!

– ... E só eu escutava porque...

– ... porque o Julinho cochila mesmo, no balcão, quando pega a vigia da noite.

Ardêncio Pospácio, como se ainda tivesse medo, como se ainda não tivesse se convencido de que o barulho não tinha nada de sobrenatural, aproximou-se do capô do Aero Willys, esticou bem os dedos e, pouco a pouco, foi baixando a mão até tocar no metal do carro.

– Nossa! – exclamou, recuando, assustado. Mas na segunda vez foi mais fácil. Colou a palma da mão no capô e, por alguns segundos, ficou sentindo a vibração do motor, que reclamava da idade e da ferrugem que acumulara. Então, um sorriso triste ocupou seu rosto. – Sabem, meninas... Já me disseram de tudo por causa desse barulho... que eu tava imaginando, inventando coisas... até que bebia no serviço e não sabia o que estava falando... Então, era isso. Um motor velho. Assombração nenhuma. Um motor enferrujado.

Croct! Croct!

Gigi desligou o carro e deslizou de lá de dentro, juntando-se aos dois. Pospácio olhou para as duas e disse, com voz trêmula:

– Obrigado!

– Foi um prazer, seu Pospácio. Que bom que pelo menos um misteriozinho ficou resolvido. No outro, a gente se ferrou!

Ardêncio Pospácio ficou olhando para elas, pensando se ia dizer o que estava com vontade de dizer... Finalmente:

– Sabem, vocês são meninas muito espertas. Não existe nenhuma Vila Pospácio onde eu nasci, lá em Goiás – (isso, aliás, Gigi já havia checado na internet, mas achou melhor não jogar uma dessas na cara do zelador; não nessa hora). – E era para eu me chamar João. O nome de família era Teixeira. Mas meu pai achou a coisa... sem graça... Ele tinha um humor meio estranho. Inventou esse nome e chegou com a Certidão de Nascimento. Acho que foi vingança. O nome dele era Crevaldolino Bilucâncio.

– Cre... Como? – espantou-se Gigi. – Isso não é palavrão?

– Sério! Brincadeirinha do pai dele também. Eu paguei o pato! Maldição de família!

– Sentimos muito, seu Pospácio... – disseram as duas, quase em coro. Mas a história não deixou de provocar um sorrisinho em Vivi.

– Não ligo. Já me acostumei – depois de uma pausa, ele perguntou. – E que história é essa de vocês terem se ferrado? Se ferrado em quê?

– Bem, o Julinho estava guardando um segredo – disse Vivi, tomando cuidado para não entregar o faxineiro. – Ele e o seu Betruco.

– Eu sei!... O rapaz já está com outro emprego arrumado e anda fazendo de tudo um pouco para a síndica demitir ele. Nem os cochilos, na vigília da noite, ele disfarça mais. Dorme direto.

– Mas como é que o senhor descobriu?

– Ora, o Julinho acha que guardar segredo é pedir aos outros para não contarem. Mas ele não segura a boca. Daqui a pouco, a síndica vai descobrir também. Alguém dedura pra ela e...

– Pra quem mais ele contou, o senhor sabe? – indagou Vivi, interrompendo o vigia. Era somente um palpite... de que precisava perguntar isso. Havia farejado... *alguma coisa...*

E a resposta de seu Pospácio fez as garotas soltarem uma exclamação ao mesmo tempo de espanto e de contentamento:

– Oba! O fio da meada! – disse Gigi.

E Vivi reforçou:

– Estamos de volta à investigação, sócia!

TRABALHO DE LUPA

– É ISSO, GIOCONDA. Detetive precisa de *sorte* às vezes...

– E de uma lupa, Virgínia Lupínia. Ainda bem que trago sempre a minha no bolsão da bermuda, junto com a caderneta.

Nem bem o vigia Ardêncio Pospácio, ainda emocionado, retornou para o balcão da portaria, as duas garotas correram de volta para o Aero Willys. A mesma chave da ignição abriu a mala. Estava vazia, mas era assim que as garotas esperavam encontrá-la. Se estivessem certas, o que estivera escondido naquela mala de carro até a noite anterior havia retornado para o lugar de onde fora tirado, o *hall* dos elevadores. E a mesma pessoa que roubara a árvore e a escondera na mala do Aero Willys a devolvera.

– É grande à beça! – disse Vivi, medindo com os olhos o interior do porta-malas...

– Constatação dos fatos... A árvore poderia muito bem caber aqui dentro, com alguns danos...

– Isso explicaria os enfeites e galhos quebrados... E a gente já sabe como a árvore veio pra cá e depois voltou pro *hall* dos elevadores. Não tomaram muito cuidado no transporte. Vamos passar tudo na lupa, Gigi.

Alguns minutos examinando o interior da mala do carro bastaram para encontrar pedaços de pinheiro de plástico e cacos de enfeites de Natal. Haviam feito uma limpeza na mala, mas não fora tão boa assim.

As garotas recolheram as provas num saquinho de plástico, que traziam para isso. Logo fecharam a mala, vitoriosas.

– Caso encerrado, Gioconda! – comemorou Vivi.

– Falta a cena final... quando a gente acusa o criminoso e ele confessa.

– Bem, a gente tem de decidir como vai fazer. E o que vai fazer...

– Como assim, Virgínia Lupínia? Temos é que correr para o apartamento do seu Miguelito e...

– Gioconda! Pense. Pode não ser tão... tão fácil assim, entende?

Gigi ficou refletindo por alguns instantes, então disse:

– É, talvez. Vamos esperar para ir lá amanhã... E ver melhor o que a gente faz.

– Tamos juntas, garota!

– Café da manhã para decidir o que fazer? É nisso o que está pensando?

– Elementar, cara sócia! – exclamou Vivi. – Se for lá em casa, eu faço os ovos mexidos.

– Tá, eu levo pão fresquinho e o iorgurte de frutas.

Felizes da vida, foram cada qual para o seu apartamento. Vivi, ainda pensando na briga com o pai, demorou um pouco mais a dormir.

E A VEZ AGORA É DOS... SEGREDOS DE SEU MIGUELITO

– O QUE VOCÊS querem aqui? – rosnou seu Miguelito ao abrir a porta e dar com as sherlockas. Ainda arrematou: – Vão chatear outro!

– Seu Miguelito... – gaguejou Vivi. – Nós estamos investigando...

– Hein?

– Investigando... – insistiu Vivi. – O caso da árvore de Natal.

Gigi, como de hábito nessas horas, estava camuflada atrás da sua sócia. Seu Miguelito demorou alguns segundos para compreender o que a garota havia dito. Então, enfureceu-se de vez e disparou:

– E quem pediu a vocês para investigarem seja lá a porcaria que for? Isso foi invenção da síndica?

– Não... – disse Vivi. – Somos... independentes!

– Danem-se! Eu já disse para vocês irem chatear outro.

Seu Miguelito fez menção de fechar a porta quando, às costas de Vivi, Gigi disse:

– Acontece que a gente descobriu uma coisa que o senhor vai querer saber. Tem a ver com o seu Aero Willys, parado lá na garagem. E com seu filho.

Naquele instante, Vivi poderia jurar que havia visto uma sombra se projetar pela entrada da sala, como se houvesse alguém, no corredor, escutando, escondido, a conversa...

– Meu carro... e o Júnior? O que ele aprontou agora? Ou vocês só estão tentando me enrolar?

– Não! – disse Gigi, mostrando-se, afinal, e tomando coragem:

– Tem uma coisa que o senhor não sabe...

Seu Miguelito soltou um grunhido, e Gigi entendeu aquilo como licença para ela dizer o que queria... Contanto que falasse pouco e bem depressa... A tática combinada no café da manhã parecia que ia dar certo.

– Ele... o Mateus... – arriscou Vivi... – Ele sabe que o senhor desce, às vezes, para ficar no carro. E daí dá partida.

– Não estou fazendo nada escondido, pirralhas...!

– Não... claro que não... – disse Vivi. – Ele vai atrás do senhor... Toda vez que o senhor sai.

– Como?

– É... e fica escondido observando o senhor... sabe até que o senhor fica de olhos fechados dentro do carro.

– Mas... por que ele faz isso? E como vocês sabem?

– Ele contou pra gente – disse Gigi, atropelando as palavras de nervosismo.

– E faz isso... a gente acha que é porque está preocupado com o senhor.

Foi nítido o homem ficar tenso, por um momento, e depois baixar completamente a guarda.

– Vocês... tem certeza?

– Ele não tem coragem de conversar com o senhor – arriscou Vivi, mais solta agora. – Mas... fica preocupado. Não sabe por que o senhor faz isso e... Por que o senhor faz isso, seu Miguelito?

Seu Miguelito ficou olhando para as duas garotas, que, com o maior bom senso do mundo, ficaram mudas, aguardando que ele falasse. Até seu Miguelito precisava de coragem para dizer certas coisas...

– Às vezes – ele falou lentamente – pai e filho não se entendem, sabem?

– Sei – disse Vivi, sentindo uma pontada na garganta que quase a fez chorar. Mas conteve-se. Ia ser um absurdo uma detetive cair no choro no meio de um interrogatório. Se é que ela estava interrogando seu Miguelito...

– Às vezes... os dois ficam sozinhos, um para cada lado... justamente por isso. E poderiam ter tido tantos momentos juntos! Mas, daí, para consertar as coisas, para se entenderem... Não conseguem mais se reaproximar. Esqueceram como se faz para chegar no outro, entendem? – ele soltou um suspiro. – Aquele carro... Muita gente acha que eu devia vendê-lo para um ferro-velho, onde ele seria desmanchado, ou... sei lá... Já nem sei se o ferro-velho ia querê-lo... – Seu Miguelito soltou uma risadinha triste. – Mas eu não vou entregar meu Aero Willys para ferro-velho nenhum. Aquele carro era do meu pai. Era o nosso carro, da minha família. Eu passeei muito nele quando era criança. Quando meu pai e eu... bem, quando a gente ficava agarrado um ao outro o tempo inteiro. Meu pai adorava o carro, dirigia muito bem, levava a família pra passear nos fins de semana. Tempos bons! Foi assim comigo e com o Júnior também... Daí a gente brigou, brigou... E eu pensei que ele estivesse tão distante de mim que nem se importasse mais. Com o meu pai, não consegui consertar. A gente nunca teve uma conversa. Ele morreu cedo, eu fiquei com o carro. Daí, vou lá embaixo matar a saudade. Ligar o carro, escutar, imaginar que é como quando a gente passeava juntos. Eu e meu pai... Não sabia que o Mateus ficava vendo... Vocês têm certeza?

– Acho... – disse Vivi... – que ele contou isso pra gente porque anda precisando contar pro senhor...

Seu Miguelito ficou alguns instantes mudo e quase sem se mexer. Depois respirou fundo e disse, numa voz quase sumida, quase com vergonha de sair da boca:

– Eu também precisava... falar sobre isso, garotas. Com alguém. Com ele.

Então, sorriu para as duas meninas.

Dias, semanas mais tarde, elas se lembrariam daquele momento espantoso:

– Tem certeza de que ele sorriu mesmo pra gente, Gioconda? Não foi ilusão de ótica? Efeito de luz... A iluminação do corredor contra a luz da janela da sala dele, vindo de trás, daí jogando sombra e... Olhando para ele hoje, nem dá pra dizer. Parece que esqueceu o que houve. Nem cumprimenta a gente!

– Simples constatação dos fatos. Seu Miguelito sorriu pra gente, Virgínia Lupínia.

– Mas não disse *obrigado*. Nem se despediu.

– Mas sorriu. Eu vi. Não sou como você que imagina coisas, Virgínia Lupínia. Seu Miguelito consegue sorrir!

Uma surpresa puxa outra... Porque, já quando estavam de volta do 601, na plataforma entre o 3º e o 4º andar, papeando sobre a conversa com seu Miguelito, apareceu o Mateus. A surpresa foi o garoto encontrá-las tão depressa...

("A não ser que ele saiba onde a gente se esconde quando analisamos o andamento de um caso, e isso porque fica seguindo a gente, o tempo todo, sem a gente ver. Já sabemos que ele é bom nisso.

Ou melhor... deve estar seguindo é *você*, Virgínia Lupínia!"... "Vai procurar digital em água correndo da torneira, Gioconda!").

... mas, sim, a surpresa foi Mateus encontrá-las tão rápido, e não estar ali, ofegante, rosto vermelho, aflito, precisando falar logo com elas. Isso as sherlockas já previam que fosse acontecer.

A MEADA DE FIO PUXADO

– COMO VOCÊS... me descobriram? – gaguejou o garoto.

– Simples deduções! – disse Gigi. Essa cena, a da acusação do suspeito, promovido então a culpado, era sempre dela. – Recebemos a informação de que você sabia que o Julinho já arranjou emprego novo e está enrolando a síndica para ela demitir ele e ele poder sacar fundo de garantia, ganhar a multa por demissão e tudo o mais. Ora, daí, foi fácil entender que era você também que estava chantageando ele, para que o Julinho não contasse que, naquela noite do roubo, você estava na área...

– Eu tinha seguido meu pai... – disse o garoto. – Daí, ele voltou pelo elevador de serviço. Eu esperei, ia embora também logo depois, mas a droga do elevador parou no meio da descida. Aí, tive de subir pela escada e saí na portaria. Foi quando o Julinho me viu. Na hora, não tinha nada demais... Mas, no dia seguinte, fui pedir pra ele não contar pra síndica. Primeiro pedi. Daí, quando ele disse que não podia deixar passar assim, por causa do roubo, bem, aí...

– Você ameaçou de contar o que *ele* havia contado pra você...

– É... não tinha tanto problema assim, pra ele. Eu ainda nem havia tirado a árvore do *hall*, quando ele me viu...

– Não tinha problema? Vai nessa! – disse Gigi. – Mas, aí, você subiu pela escada pra portaria, seguiu pro *hall* e viu a árvore.

– É... A síndica havia acabado de montar aquela porcaria. A árvore estava lá, daí me deu... uma coisa... e eu tava com raiva. Com muita raiva!

– Por causa desse lance com seu pai e o carro dele... – arriscou Gigi.

Mas o garoto não tomou conhecimento dela:

– Bem, daí eu peguei a árvore... Não podia levar pro apartamento, senão minha família ia descobrir. Então...

– Teve a ideia de esconder ela no porta-malas do Aero Willys – disse Vivi.

– É, mas só ia dar se o elevador de serviço estivesse funcionando. Aquela porcaria é de lua: ele para, mas, de outro andar, se a gente aperta o botão, às vezes volta. Fui corajoso, né? Funcionou, sim, mas e se tivesse parado de novo, comigo dentro? Comigo e a árvore. Quando fossem me soltar... Mas eu sou assim, Vivi, eu...!

– Tá, chega! – disparou Vivi. – A gente já sabe que você não ficou preso. Daí, por que trouxe ela de volta pro *hall*, dois dias depois? Isso foi arriscado...

– Foi, não foi? É, mas... Ora, eu vi vocês também no Aero Willys, uma tarde dessas. Achei que estavam chegando perto demais e... Se abrissem a mala? Meu pai nunca faz isso, mas vocês são umas metidas, então... Além do mais, nem sei por que tinha roubado a droga da árvore. Vocês... Por que vocês não contaram tudo pro meu pai?

– Por que você não conta? – desafiou Gigi.

– Ficou doida! – exclamou ele, finalmente reconhecendo que a garota estava ali, ao lado de Vivi.

– A gente não contou porque... Também não sei! – disse Vivi.

Os três ficaram em silêncio por alguns instantes. Finalmente, o garoto disse:

– Obrigado.

As duas sherlockas sorriram. Vivi, um sorriso mais meigo. Gigi, um sorriso com uma pontinha de comemoração de vitória.

E logo estavam só elas de novo. Mateus, agora sem tanta pressa, retornara a seu apartamento.

– Acha que ele vai contar pro pai? – indagou Gigi.

– Pode ser... E se contar, não sei se o seu Miguelito vai contar pros moradores. Sabe como é... A síndica ia fazer uma festa... Mas e a gente?

– A gente... Bem, detetives têm sempre de contar o que descobriram para o seu cliente, não têm?

– Têm, sim. E quem é o nosso cliente, Gioconda? Alguém nos contratou para resolver esse mistério, por acaso?

– Não. Fizemos tudo de enxeridas.

– É... então... a gente conta ou não?

– Se a gente não contar, Virgínia Lupínia, ninguém vai saber que a gente resolveu o caso. Que somos... detetives mesmo! Pra valer!

– Mas... resolvemos o caso, não foi?

Um cumprimento de palmas das mãos batidas no alto era pouco para celebrar a ocasião. Assim, as duas se agarraram num abraço super, super, mais que superapertado.

O RETRATO

QUANDO GIGI ERA bem menor, Amália lia vez por outra, para ela, histórias em quadrinhos com uma dupla de personagens que a mãe adorava desde quando era criança, tanto que colecionava as revistinhas e as guardava até hoje. Eram *Luluzinha & Bolinha*. Ele, gordinho e arteiro, ela, esperta e toda charmosa. Os dois, uns fofos. E tinha histórias em que o Bolinha era o Detetive Aranha – "O Aranha ataca outra vez!" era seu bordão para encerrar as aventuras. Ou então: "Ninguém escapa do Aranha". Bem, para fazer o papel de Aranha, Bolinha sempre arranjava um disfarce. Por exemplo, pendurava uma lâmpada com um barbante no pescoço e dizia que estava disfarçado de abajur, para espiar os suspeitos sem eles perceberem. E a verdade é que o Aranha sempre resolvia seus casos – "Porque o Aranha arma sua teia, daí pega o suspeito nela, e vai enredando, enredando, e quando o suspeito vê, já era!"... O suspeito, que o Aranha mirava em todas as suas investigações, era o pai da Luluzinha, seu Palhares, que calhava, sim, de ser *sempre* o culpado. Aranha

comemorava muito cada mistério resolvido. Luluzinha detestava ter de admitir que ele tinha sempre razão e que o perpetrador do delito, mais uma vez, de novo e sempre, fora o seu pai.

Por que Gigi ficou lembrando do Aranha, do momento em que deu *até amanhã* para Vivi até abrir a porta de casa, não saberia dizer. "Essas intuições são a função da Vivi na nossa dupla!", disse a si mesma, com uma risadinha. Ao mesmo tempo, gostou de pensar que, se algum dia alguém em casa reclamasse dessa mania dela de detetive, *tinha a quem culpar*.

"Quem mandou minha mãe me *entregar* pro Aranha, desde pequena? Daí, quando o Aranha arma sua teia, vai enredando, enredando... Ninguém escapa do Aranha!"

– A síndica passou por aqui! – avisou a mãe, mal Gigi entrou. – Está chamando para a inauguração da árvore, amanhã, no final da tarde. Ficou quase meia hora me contando como deu trabalho consertar tudo... Ufa! Acho que a gente não precisa ir, precisa?

– E tem uma surpresa para você, no seu quarto – avisou Avriel. – Melhor ir ver antes do jantar!

Mas a garota estranhou a excitação do pai, que a seguia com o rabo dos olhos, para ver se ela ia logo para o quarto...

A surpresa era um enorme retrato dela. Quer dizer, ela tinha quase certeza de que era ela.

– Gostou? – perguntou o pai, aflito.

– Diferente de tudo que você pinta. Não tem nada podre, nada dissecado...

– É que eu queria fazer um retrato seu... da minha filha...!

– Bem, tô meio torcida na tela, não tô?

– Ora, Gigi! Nem vem! Tá pedindo demais. Preferia que eu tivesse emoldurado uma fotografia sua? Mas percebeu o chapéu que você está usando no retrato?

– Chapéu?

– Ali, ó! – disse ele apontando. – Um boné de Sherlock Holmes!

– Puxa... agora que você falou, pode ser mesmo!

– Você tá debochando, não tá? – perguntou o pai, desolado.

– Tô, sim – disse a garota sorrindo e abraçando o pai pela cintura. – Amei, pai!

Avriel soltou uma risadinha aliviada. Abraçou também a filha e voltou para a sala gritando:

– Ela gostou, Sebastiana! Gostou de verdade! Eu não disse? Vai pendurar na parede do quarto!

– Eu não prometi isso – Gigi murmurou... mais para si mesma.

Logo depois de jantar, foi se deitar. Mas ficou um tempo rolando na cama. Pura excitação...

"Nem a pau eu perco essa inauguração da árvore de Natal de dona Ydônea. Mesmo que meus pais não queiram ir, eu vou!", prometeu para si mesma. "Imagine! Vai ser muito engraçado. Todo mundo se perguntando que história foi essa da árvore, todo mundo desconfiando de todo mundo, cochichando pelos cantos, olhando de rabicho de olho... E apenas eu e a Virgínia Lupínia sabendo o que aconteceu! Detetives dos filmes e novelas policiais, todos vocês, se cuidem, hein?... Tem gente nova na parada! E elas são D++++++! Rá!"

Adormeceu com o mais triunfante dos sorrisos.

BEDUÍNOS

JÁ ERA BEM TARDE. Depois de jantar um misto frio, *chips* e suco de maçã de caixinha, Vivi começou a se preparar para se deitar. Tudo que fazia era muito lentamente, meio sem vontade, meio ganhando tempo para ver se *alguma coisa* acontecia.

Uma *alguma coisa* que ela sabia bem o que era...

Deitou-se e não conseguia dormir. Metade pela excitação do mistério resolvido, metade porque a imagem do seu pai, na sala, no escuro, andando de um lado para o outro, não deixava. Cada ruga de mágoa que ela adivinhava no rosto barbado de Yannis fazia algo se retorcer dentro da garota. Então, de repente, a porta se abriu e ele entrou.

Vivi o olhou surpresa e sentou-se na cama. E, por instantes, Yannis ficou parado, no meio do quarto, a três passos dela. Só havia sobre eles a luminosidade do corredor do apartamento passando pela fresta da porta entreaberta.

Então, ele chegou junto da cama e sentou-se no chão, de pernas cruzadas, sobre uma almofada. E sempre olhando para ela, com seus grandes olhos negros – olhos mansos, de boi bonzinho, como ela dizia quando era criança. Depois de mais alguns segundos, sem uma palavra, acendeu a luminária da mesinha de cabeceira e abriu um livro já bastante gasto, que Vivi conhecia muito bem. Vez por outra, lendo nesse livro histórias que ele próprio escutara na infância, ele a pusera para dormir. Fazia uns anos, entretanto, que Yannis não vinha ler para ela...

"Havia no deserto sem fim uma tribo poderosa e rica de beduínos. Quando eles paravam nos oásis, suas muitas e muitas tendas se estendiam até se perder de vista, mais parecendo uma cidade. Essa tribo, essa nação sem território, que a cada noite dormia sob um céu diferente, tinha um chefe cujo maior orgulho eram seus três filhos: Mansur, o mais velho, Abdulah, o do meio, e Hassan, o caçula. A diferença de idade entre eles era pequena.

Três rapazes magníficos, que, naqueles tempos de séculos atrás, reuniam todas as qualidades que um jovem beduíno, um príncipe do deserto, deveria possuir. Montavam como se os puros-sangues a eles estivessem conectados em pensamento. Ninguém conhecido os superava nas artes da guerra, no arco e flecha, na espada, na lança, na empunhadura do escudo. Cada qual tocava, belissimamente, um instrumento: Mansur, o alaúde; Abdulah, a flauta; e Hassan, o pandeiro. Cantavam também e tinham belas vozes. E isso, além de inteligência superior, alimentada pela leitura constante. Falavam bem em público e expressavam-se com agudeza nas discussões de ideais em pequenos grupos. E, segundo os mais viajados da tribo, eram também os mais belos jovens da península.

O chefe da tribo, pai dos jovens, considerava todas essas qualidades uma bênção. Mas sofria intimamente um dilema, justamente por ter filhos tão maravilhosos. A vida no deserto é muito dura. Há confrontos com salteadores e inimigos. Tempestades de areia que açoitam a tribo, ameaçando soterrá-la. Anos em que mesmo nos oásis mais férteis há escassez de tâmaras – o alimento principal dos beduínos, durante as travessias – e redução do volume de água das lagoas. É quando os rebanhos de cabras morrem. Quando a sede e a fome devastam o espírito de união da tribo, transformando amigos em predadores e irmãos em conspiradores. A dúvida do chefe, portanto, era se seus três filhos, agraciados com tanta sorte na vida desde o berço, suportariam dificuldades tão severas.

Assim, certo dia, resolveu submetê-los a uma prova. Para começar, iria separá-los – e já isso seria um duro golpe para eles, que sempre haviam vivido juntos e se amavam profundamente.

– Cada um de vocês vai passar um ano viajando – decretou o chefe. – E na volta vai me trazer o que encontrar de mais precioso. Mansur irá para a grande cidade de Hajr. Abdulah seguirá para o Mar Vermelho e, no primeiro porto que chegar, tomará um navio para uma viagem de exploração pelas ilhas. Hassan deverá alcançar as montanhas al-Hajar e percorrê-las até que chegue o momento de seu retorno. Cada um de vocês levará somente uma bolsa de moedas de cobre, equipamento para caça e pesca, uma sacola de tâmaras, outra com suprimentos, um odre grande com água, uma tenda pequena, mantas, seu instrumento musical, suas armas prediletas, seu cavalo e um jumento de carga. Não terão a companhia de servos nem de amigos. Partirão logo que alvorecer.

Muito surpresos, os príncipes não conseguiam acreditar no que estava acontecendo. Como seu pai, que tanto os amava, iria se separar deles por um ano inteiro, além de separá-los uns dos outros, e obrigá-los a cumprir uma jornada que só poderia lhes reservar perigos sem conta e da qual, talvez, não retornassem?

Mas o chefe não recuou e, assim, logo que o céu do deserto, pelo lado oeste, começou a romper seu negrume com rasgos lilases e da cor dos rubis, os três jovens iniciaram sua jornada..."

A essa altura, Vivi já estaria dormindo. Quanto à continuação da história, poderia procurá-la naquele livro, no dia seguinte. Ou em seus sonhos. O aconchego da voz do pai lendo para ela – o presente-surpresa que o pai lhe trouxera naquela noite – era tudo o que ela mais queria. Era a maneira dele de dizer: "Agora e sempre... Eu te amo!".

No meio da madrugada, entretanto, acordou. O pai a deixara ajeitada na cama, coberta e, depois de alguns minutos silenciosos (porque uma única lágrima escorrendo pelo rosto não faz barulho) observando-a, deu-lhe um suave beijo na testa e saiu do quarto. Aquela noite, Yannis não passaria em claro.

Já Vivi, ao despertar de repente, primeiro, pensou estar escutando um *croct-croct* saindo da parede do quarto, junto à cama. Depois, percebeu que havia sonhado com isso. E se lembrou que estava tão cansada que não havia checado os *e-mails*. Resistiu o quanto pôde, mas, num daqueles pressentimentos aos quais, até por desistir de entender, acabava obedecendo, levantou-se e correu para o seu *laptop*.

A mensagem de sua avó Rita Adams pulou à frente, como se tivesse pressa de ser lida:

"Olá, minha neta amada! Quer vir passar uma semana aqui no sítio, em janeiro? Pode trazer uma amiga com você. Acho que vai escolher a Gigi, não vai? Ela é uma fofa! Vamos nos divertir muito. E, quem sabe, já que vão estar por aqui e já que são tão ligadas no assunto, me ajudam a resolver um pequeno mistério? Na verdade, nem tão pequeno assim porque está me preocupando bastante. Imagine que tem coisas trocando de lugar, no meu galpão de ferramentas. Da noite para o dia. Com o galpão trancado. Como pode? Só eu tenho a chave dos cadeados e ninguém forçou nem as portas nem a janela. Meio assustador, sabe? Como eu não acredito em assombração, deve haver uma explicação lógica e talvez você e sua amiga consigam..."

– Ooooba! – exclamou a garota, antes mesmo de ler o restante do *e-mail*. – "Tamo" nessa, vó Adams! Detetives Gioconda e Virgínia Lupínia... entrando no caso... em três, dois, um... Jááá!

LUIZ ANTONIO AGUIAR

Além de escritor, sou professor de Literatura e vivo batendo papo sobre livros, autores e personagens com professores, bibliotecários, a garotada e o público em geral. Um de meus temas favoritos, tanto nas aulas como nessas conversas, são as novelas, contos e filmes de mistério. Adoro! Nada tão difícil em Literatura, exigindo tantos truques e recursos. Por isso quis escrever este livro, caprichando no mistério e na dupla de garotas-detetives – Vivi e Gigi –, mas também nos personagens que formam o mundo das sherlockas. Espero que, lendo, vocês se divirtam tanto quanto eu me diverti escrevendo *O mistério do Rocinante*.

WEBERSON SANTIAGO

Sempre gostei de ler boas histórias. Quando era criança, preferia ler a jogar *video game*. Passava o dia lendo e desenhando histórias fantasiosas e misteriosas. Gostava muito de livros com suspense. Para mim, ilustrar este livro foi muito divertido. Sinto-me honrado em ser o primeiro leitor, e fiquei o tempo todo pensando em teorias para descobrir quem roubou a árvore do prédio. Espero que você goste da leitura tanto quanto eu. Viva as sherlockas!

Este livro foi composto com a família
tipográfica Charter e Special Elite para
a Editora do Brasil em 2017.